NEL LETTO DELL`ALFA

L'ALFA DERUBATO LIBRO 3

KATE RUDOLPH

Traduzione di

GAIA BORDANDINI BALDASSARRI

Pubblicato da Kate Rudolph.
www.katerudolph.net

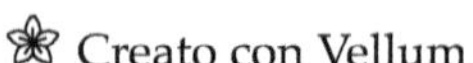

NEL LETTO DELL'ALFA

Tutto si conclude...

Mel ha promesso a se stessa di vendicarsi della strega che ha massacrato la sua famiglia, o di morire nel tentativo. Ladra di fama mondiale, ora è pronta a tenere fede alla sua promessa, ma le cose sono complicate. Quella strega, Ava, non ha preso di mira solo Mel, ma anche le uniche persone sul pianeta a cui lei tiene.

Non è vero che la vendetta sia un piatto da servire freddo...

Luke non avrebbe mai potuto prevedere su quale strada Mel l'avrebbe condotto. Ora farà qualsiasi cosa per salvare la vita di sua sorella e conquistare il cuore della sua ladra. Ava minaccia il suo branco, determinata a rubare un magico manufatto di immenso potere che lui non ha mai saputo di possedere.

Innamorarsi non è mai stato così letale...

In mezzo a tutto questo, Luke e Mel si sono trovati. Ma Mel non sa gestire le relazioni, e il branco di Luke non è entusiasta di avere una ladra come femmina alfa. Quando Mel e Luke sono insieme, il loro rapporto è esplosivo. È un fuoco che può purificare... oppure distruggere.

1

CAPITOLO UNO

LUKE TORRES AVREBBE DOVUTO SENTIRSI a proprio agio nel suo territorio, ma in quel momento gli alberi forti, nudi e pronti per la prima nevicata invernale non facevano che renderlo nervoso. In agguato in quei boschi c'erano degli estranei. Nemici della peggior specie. Quei vigliacchi non avevano cercato di colpire lui. Al suo posto, avevano preso di mira sua sorella.

E Luke non l'avrebbe tollerato.

Era scesa da tempo l'oscurità e la mezzanotte si stava avvicinando. Luke sentiva sottopelle gli artigli pronti a erompere e ad entrare in azione. Presto avrebbe conosciuto il volto del suo nemico e avrebbe strappato la spina dorsale a chiunque si fosse messo contro di lui o avesse tentato di fare del male a qualcuno della sua gente.

Maya Nunez e Sinclair camminavano al suo

fianco, insieme ad una mezza dozzina di altri leoni mutaforma schierati nella loro forma animale. Di solito la foresta subito fuori da Eagle Creek, in Colorado, brulicava di vita a qualsiasi ora del giorno. Ma ora regnava il silenzio, e Luke udiva solo il respiro dei suoi compagni di branco. I predatori popolavano la notte e tutte le prede rimanevano nascoste.

La radura si aprì davanti a loro, piccola, forse sei metri di diametro. Meno di una settimana prima, Luke aveva ritrovato lì sua sorella dopo che era stata rapita da un nemico misterioso. Molte cose erano cambiate da allora. Eppure non sapevano ancora nemmeno lontanamente come guarirla. La strega non era riuscita a neutralizzare la maledizione che stava uccidendo Cassie e non avevano più tutto il necessario per riprovarci.

Il nemico non gli aveva detto di presentarsi da solo, così Luke non aveva fatto alcuno sforzo per nascondere i compagni, almeno non quelli che camminavano su due gambe. Anche se avrebbe potuto portare con sé un numero ancora maggiore di leoni, gli errori del passato gli avevano insegnato molto. Non avrebbe più lasciato senza difese la sua casa e sua sorella. Se non avesse commesso quell'errore la prima volta, la vita di Cassie non sarebbe stata in pericolo.

Le vite di tutti loro, in realtà, molto probabilmente.

L'aria davanti a Luke fremette momentaneamente e si fece più rarefatta, rivelando la presenza di un uomo alto che indossava un impermeabile nero, pantaloni scuri e stivali neri. Doveva aver scelto quell'abbigliamento per apparire minaccioso, ma così com'era sembrava solo ridicolo. Quello stregone era tutto pelle e ossa, l'impermeabile pendeva dalle sue spalle come se fosse appeso su una gruccia. Ma si percepiva molto potere a crepitare nell'aria e Luke sapeva che il pericolo rappresentato da quell'uomo non stava nella sua misera corporatura.

Non vedendo presentarsi altre streghe, Luke si preoccupò. Beh, più di quanto si fosse già preoccupato fino a quel momento. Quante altre ce n'erano, protette dalla magia che le nascondeva come un mantello? Anche i suoi leoni erano abili a nascondersi, ma sfruttavano la conformazione del terreno a loro vantaggio. Usare la magia equivaleva a barare.

Lo stregone diede un'occhiata a Luke, Maya e Sinclair e fece un sorrisetto. "Eri troppo spaventato per venire da solo, vero, grande Alfa?" Parlava come se da un momento all'altro dovesse mettersi ad arricciarsi i baffi o sparire dietro un mantello. Se la situazione non fosse stata così preoccupante, quel modo di fare sarebbe risultato comico.

Luke non aveva tempo per l'umorismo, e per quanto riguardava i suoi nemici, quello in particolare era quasi insultante. "Sembra che tu sia in vantaggio su di me, visto che mi conosci. Tu chi sei?" Non aveva interesse a fare giochetti, non con una posta in gioco così alta.

L'uomo si ricompose, raddrizzò la schiena guadagnando un paio di centimetri in altezza e parlò con un tono di voce più basso di mezza ottava. "C'è chi mi chiama..." iniziò chinando la testa e con un respiro sibilante, poi lanciò un'occhiata alla sua destra e trasalì. Fece un solo rapido cenno in quella direzione e si irrigidì. "Tim. Sono Tim."

Maya si spostò vicino a lui e Luke fece affidamento sul fatto che fosse pronta ad affrontare la strega al fianco di Tim, anche se rimaneva nascosta. Nel frattempo lui non distolse l'attenzione dal loro nemico visibile. "L'affanno fa parte del tuo nome? O serviva a fare scena?" Era ormai chiaro che Tim fosse l'uomo di facciata in rappresentanza del vero potere.

Lo stregone si accigliò, scoprendo un po' i denti. "Ti prendi gioco di me quando in realtà hai paura di muoverti da solo nel tuo stesso territorio?"

Luke non si mostrò arrabbiato, ma promise a se stesso che avrebbe avuto il piacere di strappare via le viscere di quell'uomo se solo avesse fatto una mossa sbagliata. "Conosco le mie forze."

"Evidentemente sei più debole di quanto pensassi," disse Tim con un sorrisetto, piegando leggermente la testa. Tese una mano, allargando lentamente le dita. Quando il palmo fu rivolto verso il cielo, mosse le dita in uno strano modo e apparve una fiamma scoppiettante. Lo stregone se la passò da una mano all'altra.

"Cosa vuoi?" Luke non si lasciò distrarre dal fuoco. Tim doveva averci sperato.

"Moltissime cose," rispose, lanciando in alto la fiamma e riprendendola, per poi estinguerla chiudendo la mano a pugno. "Ma tu puoi offrirmene solo alcune." Lanciò un'altra occhiata alla sua destra, solo per un secondo, prima di tornare a concentrarsi su Luke.

"Allora perché diavolo mi hai voluto qui?" sbottò Luke a denti stretti. Nell'ultimo mese era già stato attaccato sulla sua stessa terra una volta, e mai avrebbe voluto che succedesse di nuovo.

Tim non si offese per quel tono, o almeno non all'apparenza. "Ho bisogno di informazioni."

"Un modo interessante di procedere, per ottenerle." Dire a quell'uomo di andare a farsi fottere non avrebbe aiutato Luke in alcun modo; anzi, avrebbe solo peggiorato le cose. A una parte di lui non importava, ma la mise a tacere. Per lui in quel momento era inutile. "Quali informazioni?"

"Dov'è il Pozzo?"

"Così puoi avvelenare la mia acqua?" Che cosa poteva mai farsene uno stregone di un pozzo? E non potevano trovarlo da soli? Né Maya né Sinclair sembravano capire di cosa stesse parlando, anche se non davano a vedere nulla. Era stata la loro mancanza di reazioni a convincere Luke che nemmeno loro avessero idee in proposito.

Tim lo sbeffeggiò. "Sei davvero così disinformato?"

Così non si andava da nessuna parte, e lui aveva già rivelato di non aver capito di cosa si trattasse. Non c'era motivo di non andare fino in fondo. "Non so proprio di cosa tu stia parlando. Non posso darti informazioni che non ho."

Tim esitò per un momento, occhieggiò verso destra, annuì leggermente e irrigidì le spalle, dandosi un contegno. "Vuoi che tua sorella muoia? Dacci le informazioni e revocheremo la maledizione. Continua a fingere di non sapere nulla e non sopravviverà alla settimana."

Dalle mani di Luke eruppero gli artigli, pronti a squarciare la gola di quel bamboccio insolente. "Stai ammettendo di essere stato tu ad aver lanciato la maledizione su mia sorella?"

Tim fece spallucce. "Ora sono le tue azioni a decidere il suo destino."

Luke si sforzò di trattenere i suoi istinti omicidi. Uccidere quello stregone non avrebbe risolto il suo problema. Avrebbe solo complicato le cose. "Sarebbe pericoloso andare lì adesso. Il fiume è straripato, devo organizzarmi." Un fiume scorreva a sud del suo territorio e le abbondanti piogge, inusuali per la stagione, lo avevano gonfiato fino a rompere gli argini. Non c'era nessun pozzo in zona, ma Luke sperava che il bluff gli avrebbe fatto guadagnare tempo.

"Hai cinque giorni." Tim schioccò le dita e scomparve, lasciando al suo posto uno scintillio nell'aria. Luke mandò i suoi leoni a perlustrare la zona, ma non c'era traccia delle streghe. Era come se non fossero mai state lì.

2

CAPITOLO DUE

CASSIE NON AVEVA PIÙ le convulsioni. Era già un miglioramento. Mel guardò Krista lavorare sulla ragazza. La strega sapeva fare miracoli, ma contro una maledizione lanciata con tale maestria e una mutaforma che aveva appena acquisito la capacità di trasformarsi e che l'aveva già seriamente ferita, stava incontrando qualche problema. Due giorni prima Cassie aveva inaspettatamente avuto la prima muta, assumendo la sua forma di leone. Ancora peggio, era stata così assorbita dalla trasformazione che aveva aperto un brutto squarcio nel petto di Krista. La ferita era stata curata e stava cominciando a guarire, ma l'organismo delle streghe non sopportava bene le ferite gravi. Per il momento Krista si prendeva cura della ragazza quando ne aveva la forza, ma non era mai sola nella stanza.

Con Luke e Maya fuori a caccia, rimaneva Mel a fare da babysitter.

Era rimasta lì a sedere per più di un'ora in un silenzio quasi confortevole prima che scoppiasse un gran trambusto, il cui rumore proveniva dall'ingresso. "Sembra che l'alfa sia tornato."

"Certo," disse Krista senza guardarla. Mel non riusciva a capire se la sua collera fosse dovuta alla ferita o alla storia di cui non stavano parlando. Non era sicura di quale delle due opzioni avrebbe preferito.

Forse Bob sarebbe stato in grado di dirglielo, ma era fuori a cercare di rintracciare chi aveva lanciato la maledizione su Cassie. Aveva contatti che non avrebbe condiviso né con Mel né con Krista, ma sarebbe andato a prendere le informazioni per loro. Meglio di niente.

Cassie emise un piagnucolio lamentoso e si girò su un fianco, raggomitolandosi. Cominciò di nuovo a tremare e le spuntò del pelo bruno e ruvido sulle braccia. Krista si spostò e lasciò che Mel prendesse il suo posto. Con mani ormai esperte lei afferrò le manette che avevano fissato al muro e incatenò la ragazza. Era umiliante, una cosa orribile da fare, ma Cassie aveva concordato che fosse il solo modo per tenere al sicuro lei e tutti quelli che la circondavano.

La ragazza era così sfinita per le mute quasi

continue degli ultimi due giorni che il tremito cessò e lei si accasciò sulla schiena mentre il pelo si ritirava lasciando esposta la dorata pelle delle sue braccia. Aprì gli occhi castani e rivolse a Mel un sorriso triste. "Almeno recupero l'attività fisica degli allenamenti persi in palestra."

Mel sorrise, ma non seppe cosa rispondere. "Credo di aver sentito tornare tuo fratello," fu l'unica cosa che riuscì a dire. E quelle parole sembrarono ridare a Cassie un po' di carica.

La ragazza arretrò sul letto fino a potersi sedere con la schiena appoggiata al muro. Aveva sempre le braccia legate sopra la testa, ma non chiese di essere liberata. Mel non sapeva se pensasse che si sarebbe trasformata ancora o se semplicemente si fosse talmente abituata alle manette da non sentirle più.

Maya entrò dopo un paio di minuti, ma di Luke ancora non c'era traccia. Mel liberò Cassie dalle manette e uscì a cercarlo. Dopo aver perlustrato quasi l'intero piano degli alloggi, lo trovò nella sua stanza, seduto sul letto con la testa tra le mani. Chiuse la porta dietro di sé il più silenziosamente possibile, ma lui la sentì e alzò lo sguardo.

Le sorrise per un momento, anche se i suoi occhi trattenevano le ombre che si erano accumulate negli ultimi giorni. Dato che lei non accennava ad avvicinarsi, il sorriso svanì. Lei rimase immobile, costringendosi a non attraversare la stanza per poterlo stringere fra le braccia. Non si erano toccati per niente negli ultimi due giorni e sentiva quasi un dolore fisico per la mancanza di contatto.

Ma lui non era il suo compagno.

Era stato un commento scherzoso di Bob a metterle quel pensiero in testa quando erano in Messico. Ed era completamente sbagliato. Le ladre non andavano a convivere con gli alfa; non avrebbe mai funzionato, non importava quanto fosse bello baciarlo o essere abbracciata da lui. Poiché quindi non era una possibilità da considerare, lei aveva intenzione di non pensarci più. I furti impossibili era una cosa – con una pianificazione strategica e una squadra solida potevano riuscirle quasi tutti. Ma una relazione? Mai.

Quindi Luke Torres non era il suo compagno e niente avrebbe potuto convincerla del contrario.

"Mi pare di capire che non sia andata bene," gli disse.

Luke scosse la testa. Si spostò su un lato del letto facendole posto per sedersi, anche se quel letto era talmente grande che lo spazio non era un problema. Sebbene sapesse che non avrebbe dovuto, Mel attraversò la stanza e si sedette accanto a lui.

"Più o meno come ci si poteva aspettare," rispose

Luke. "Minacce, insulti e richieste impossibili da soddisfare."

"Che richieste?" Mel rilassò una gamba tenendola appoggiata contro quella di Luke. *Tecnicamente* non lo stava toccando, visto che erano vestiti entrambi. Ma era così piacevole che non si allontanò.

"Preferirei dirlo a tutti in una volta sola." Si alzò e ruppe quel minuscolo contatto fra loro. Mel decise che non ne era delusa, neanche un po'. Lui si avvicinò al comodino e rovistò nel primo cassetto.

"Cosa stai facendo?" Mel non riuscì a trattenere il sorriso che le solleticava gli angoli della bocca.

Luke tirò fuori dal cassetto una piccola borsa di velluto nero e gliela lanciò. "Penso che dovresti riaverla."

Mel sapeva cosa c'era all'interno, senza nemmeno dover allungare la mano nella borsa. Ma la capovolse ugualmente facendosi cadere sul palmo la pietra trasparente montata sulla sua catenina d'argento. La pietra rivelatrice. La maledetta origine di tutto quel casino. Grazie ad essa, Mel poteva rintracciare la donna che aveva ucciso i suoi genitori. Luke gliel'aveva sottratta dopo che lei aveva rubato dal suo caveau una gemma di berillo rosso conosciuta come Smeraldo Scarlatto.

"Perché?" gli chiese. Cassie non stava meglio e lo Smeraldo Scarlatto era da tempo finito nelle mani di un compratore sconosciuto. Tutto ciò che lei aveva fatto a Luke, o per lui, aveva solo peggiorato le cose.

Luke chiuse il cassetto. "Avevamo un accordo. Tu hai fatto la tua parte, e io sono un uomo di parola."

Se era davvero così, perché Mel si sentiva come se le avesse appena dato un pugno nello stomaco? Aveva ottenuto ciò che voleva e poteva uscire dalla porta in quel preciso momento senza più voltarsi indietro. Ma sembrava tutto sbagliato. "Mi stai chiedendo di andarmene?" Se il lavoro era finito, perché sarebbe dovuta rimanere?

Luke lasciò la domanda sospesa nell'aria per un momento. "Non voglio che tu stia qui perché vuoi un compenso. Non voglio quel tipo di obbligo fra noi."

Lei non sapeva come reagire, non poteva. Si limitò a mettere al collo la lunga catenina lasciando pendere il diamante fra i seni sotto la camicetta. " Non dovresti custodire le mie inestimabili gemme nel tuo caveau?"

Luke sorrise. "Me le ruberesti in un attimo se le lasciassi in un posto così ovvio." Si avvicinò ai piedi del letto e le appoggiò le mani sulle spalle. Mel non si spostò, non avrebbe mai ceduto il suo posto a un alfa. Loro non lo facevano mai. Ma Luke si limitò a darle un rapido bacio sulla guancia e si tirò indietro. "Andiamo a parlare con gli altri. Ho delle novità."

Mel non gli parlò mentre si dirigevano alla stanza di Cassie. Luke era in preda a un conflitto interiore. Non sapeva se fosse giusto restituirle la pietra, ma il pensiero che lei rimanesse perché costretta dalle circostanze, o solo perché si trattava di un lavoro, non gli andava a genio. Lei non era solo una specie di socia in affari che sarebbe sparita nella notte una volta che tutto fosse finito. Era la sua compagna.

O almeno, lui pensava che lo fosse.

Ora che non aveva altre ragioni per restare, Luke desiderava che lei si fermasse per vedere se ciò che c'era fra loro sarebbe davvero sbocciato in qualcosa di reale. Quei dieci minuti in Messico non facevano la differenza, e se ci fosse stata un'altra occasione di mettere le mani su di lei, non se la sarebbe fatta sfuggire. Nessuna telefonata lo avrebbe interrotto, la prossima volta che avessero avuto del tempo per stare insieme da soli.

In quel momento, tuttavia, doveva concentrarsi sulla situazione. Forse Krista sapeva qualcosa su quel pozzo che Tim e le altre streghe volevano. Il branco si sarebbe riunito a breve, e lui doveva raccogliere la maggior quantità possibile di informazioni sul loro nemico e su ciò che stava cercando, prima di parlare con la cerchia più ristretta di compagni. Qualunque cosa stesse arrivando sarebbe stata pericolosa e tutti dovevano essere preparati al meglio.

Aprì la porta della stanza di Cassie e vide Krista seduta su uno sgabello accanto al letto della sorella. Maya era a mezzo passo dietro di lei e Krista teneva la mano a Cassie, parlandole a bassa voce. Nonostante questo, lui riuscì a sentire cosa diceva. "Quando tutto sarà finito, potrebbe permanere un effetto sulla tua capacità di mutare."

"Hai idea di quando succederà?" chiese Cassie.

Luke fu felice di sentir parlare sua sorella. Se non fosse stato per la terribile urgenza di trovare il modo di guarirla, di far sparire la maledizione, avrebbe passato tutto il suo tempo in quella stanza con lei.

Qualunque cosa la strega si fosse riproposta di fare lo metteva in agitazione. Specialmente dopo essersi accorto che Krista e Cassie si erano irrigidite entrambe quando lo avevano visto entrare nella stanza. Maya non si era mossa di un millimetro e lui non riusciva a capire se fosse perché voleva nascondergli la sua reazione o perché non ne aveva affatto. "Che cosa dovrebbe avere effetto sulla sua capacità di mutare?" chiese, cercando di mantenere la calma. Cassie ci aveva messo così tanto a trasformarsi e aveva già perso così tanto per quel motivo, che non poteva lasciare che sacrificasse quel risultato così facilmente.

Sentì Mel appoggiarsi alla porta dietro di lui. Krista si girò a metà sullo sgabello per poter dare un'occhiata. Si spostò leggermente, in modo che anche Cassie potesse vederlo. Sua sorella gli sorrise e Luke sentì una fitta al petto. Da quando era vittima della maledizione lei aveva perso peso, le sue guance erano scavate e la pelle era diventata grigiastra. Una parte di lei stava appassendo e non c'era una dannata cosa che lui potesse fare per impedirlo. A parte dare a quelle streghe qualcosa che non sapeva di avere.

"Ehi," disse Cassie, con voce roca e dolce. "Abbracciami." Gli tese le braccia. Almeno non era ammanettata, al momento.

Krista si alzò e lui prese il suo posto, sedendosi di fianco alla sorella e tirandosela vicino. Lei si sentì come una piuma tra le sue braccia, talmente delicata da poter volare via con una folata di vento. Ma lui poteva ancora percepire una forza immutata dentro di lei, la determinazione a uscire da quella situazione. "Di cosa sta parlando Krista?" le chiese sciogliendo l'abbraccio e dandole un bacio sulla guancia.

Si aspettava una spiegazione dalla strega, invece fu la sorella a rispondere. "Krista pensa di poter fermare le mie mute. O magari di fare in modo che io possa controllarle." Lo guardò negli occhi, con quello sguardo nocciola così simile a quello di lui. A volte la gente diceva che era impossibile indovinare che fossero fratellastri. Non avevano mai prestato attenzione agli occhi di Cassie.

"Sembra pericoloso." Senza altre informazioni non poteva lasciare che sua sorella affrontasse qualcosa che poteva privarla di una capacità così vitale. Guardò Krista. "Cosa stai proponendo?" chiese in tono brusco.

Maya si irrigidì ma non disse nulla.

Krista lanciò un'occhiata a Mel prima di parlare, con un piccolissimo sorriso appena accennato agli angoli della bocca. L'espressione contraddiceva la risposta che diede. "Considera questa maledizione simile a un virus informatico," disse. Luke sollevò un sopracciglio e lei continuò a spiegare. "Se Cassie fosse un computer, la muta sarebbe un programma aperto in background. È sempre lì, ma non sempre attivo."

"Sì, so come funziona," e non aveva bisogno che glielo spiegasse qualcuno che non fosse un mutaforma.

Krista cercò di incrociare le braccia, ma trasalì e lasciò perdere, rilassando il braccio ferito al suo fianco. "La maledizione ha preso di mira la muta. Penso che sia successo qualcosa quando ho cercato di romperla. Si sono legate insieme in un grosso nodo. Io posso sciogliere il nodo e bloccare il virus all'interno del programma della muta, per così dire, ma questo in seguito potrebbe impedire del tutto la trasformazione."

Luke guardò Cassie. "No, è troppo pericoloso. Non dopo..." Si interruppe prima di completare la frase.

Ma Cassie la completò per lui. "Non dopo che mi sono cacciata in questo casino proprio perché volevo così tanto trasformarmi? Non dopo che mi sono lasciata rapire dai vampiri? Non dopo aver fatto tutto questo a me stessa? Non dopo cosa, Luke?"

"Non è quello che intendevo," rispose con un tono più duro di quanto volesse. Cassie era stata rapita solo dopo che lui aveva cercato di stringere un patto con Mel settimane prima, quando era sua prigioniera. Aveva momentaneamente abbassato la guardia e i vampiri ne avevano approfittato per intrufolarsi e prenderla. In quel momento sembrava che tutto fosse successo secoli prima, ma in parte era perché non aveva ancora avuto il tempo di affrontarne davvero le conseguenze.

Cassie serrò le mascelle. "Non sta a te la scelta."

"Col cavolo che non sta a me." Luke voleva alzarsi e camminare, ma rimase seduto. "Sei sul mio territorio, Cass. Pensi che semplicemente lascerò che una strega ti uccida?"

"Sto morendo comunque!" Avrebbe dovuto essere un urlo, ma le uscì solo una rauca tosse. "Le mute arrivano sempre più velocemente. Non so quanto ancora potrò resistere."

Il dolore senza speranza nella sua voce trafisse Luke nel profondo. Voleva qualcosa da poter combattere, un modo per farla stare meglio. Invece era bloccato lì, a riporre in una strega che conosceva a malapena le sue speranze di aiutare la sorella e di salvare la sua gente.

Prima che potesse dire altro, fu Mel a parlare. "Le persone che le hanno fatto tutto questo si sono fatte vedere? Se vogliono qualcosa da te, probabilmente in cambio revocheranno la maledizione."

Luke avrebbe voluto raccontarle tutto, gettare la prudenza alle ortiche e chiederle un parere ancor prima di riportare la questione ai suoi fidati consiglieri nel branco. Ma non poteva. Aveva una responsabilità nei confronti della sua gente, e prima di ogni altra cosa non poteva svelare informazioni riservate a una persona che era stata sua nemica fino a poco tempo prima.

O, se non proprio una nemica, Mel era stata come minimo una sua avversaria.

Quindi praticamente non le rispose. "Se anche fosse, perché dovrei crederci?" Si rivolse a Cassie. "Sei sicura di fidarti di Krista fino a questo punto?"

Cassie annuì gravemente. "Sì."

Allora avrebbe rispettato la decisione di sua

sorella. Fino a un certo punto. Guardò Krista, lasciando che dai suoi occhi trasparisse giusto un po' del suo leone interiore. Lei gli tenne testa, doveva dargliene atto. "Se muore..." La strega annuì prima che lui potesse finire di pronunciare la sua minaccia.

"Capito."

3

CAPITOLO TRE

MEL LASCIÒ la stanza prima che Krista cominciasse a lavorare su Cassie. Sia Maya che Luke rimasero indietro, cosa che la fece sentire un po' in colpa, avendo di fatto abbandonato la sua socia in mezzo a leoni potenzialmente ostili. Ma in quella stanza sentiva un'energia magica così potente da risultare eccessiva per lei, e allontanandosi ne sentiva alleggerirsi il peso sulle spalle ad ogni passo. Non tutti i mutaforma potevano percepire la magia. In realtà, la maggior parte non ci riusciva. Ma Mel aveva avuto a che fare con le streghe da quando aveva otto anni, e anche se non sarebbe mai stata in grado di praticare la magia lei stessa, aveva appreso la capacità di percepirla.

Arrivò in camera sua e tirò fuori il diamante da sotto la camicetta. Raccolse nella mano la catenina d'argento, resa tiepida dal calore della sua pelle. Rigirò la gemma fra due dita. Sembrava non esserci nulla di magico, non c'erano segni particolari, ma nelle mani di una strega sufficientemente potente quella pietra poteva essere usata per rintracciare Ava. Avrebbe puntato su di lei finché Mel non l'avesse trovata e sconfitta una volta per tutte.

Era quella l'unica ragione per cui era rimasta nei paraggi della tenuta di Luke da quando erano tornati dal Messico.

Non era forse così?

Prese la borsa e infilò la collana in una tasca nascosta. Per quanto riguardava la sicurezza, non era a un livello accettabile già in normali circostanze. Ma non aveva altro posto in cui nascondere il diamante a meno di non indossarlo sempre, e se Krista l'avesse visto si sarebbe chiesta perché Mel non avesse fatto le valigie e non se ne fosse andata nell'istante in cui Luke le aveva fatto penzolare la pietra davanti al naso.

Mel spinse la borsa sotto il letto e saltò sul materasso appena in tempo per vedere Krista entrare zoppicando. La strega era coperta da un velo luccicante di sudore e la sua pelle solitamente ambrata era quasi pallida. Sembrava che non dormisse da tre settimane.

"Ha funzionato?" chiese Mel. Non aveva sentito

alcun grido, il che sembrava un progresso, ma non si poteva mai dire.

Krista appoggiò la schiena alla porta e si lasciò scivolare lentamente sul pavimento. Atterrò con un piccolo tonfo e avvicinò le gambe al petto posando la testa sulle ginocchia. "Credo di sì. La ragazza ha tenuto duro. Maya farà venire a controllarla uno dei membri anziani del branco. Penso che se non si trasformerà nelle prossime dodici ore avrà ripreso abbastanza il controllo da sopravvivere fino a..." Non terminò la frase. Non ce n'era bisogno.

"Ottimo, sono contenta che stia bene." Mel non aveva intenzione di preoccuparsi di cosa potesse succedere a quel punto. Avevano fermato la minaccia immediata, il che era tutto ciò che potevano fare in quel momento. "Sei riuscita a capire chi ha lanciato la maledizione?" Mel era abituata a non sapere per chi lavorava, ma non sopportava di non conoscere i suoi nemici.

La voce di Krista le arrivava attutita dalla gamba su cui si era appoggiata e Mel riusciva a malapena a vederla scuotere la testa. "No, ho dovuto interrompere la ricerca dopo che Cassie ha cominciato la serie di mute."

"Non ne hai neanche una vaga idea?" Le maledizioni erano cose strane. Quasi ogni strega poteva lanciarne una, ma farlo senza lasciare una chiara traccia della connessione fra chi esegue e chi subisce faceva pensare a qualcuno di davvero capace e molto potente. Poche streghe sceglievano di usarle, proprio perché creavano un legame che poteva essere manipolato e ritorcersi contro loro stesse. La maggior parte le vedeva come un rischio troppo grande da correre.

"Un nome mi viene in mente." Krista si alzò lentamente e si diresse verso la sua branda. La stanza originariamente non era stata pensata per ospitare due persone e Mel aveva reclamato il letto non appena era entrata. Così a Krista era rimasta la branda improvvisata che a suo dire era davvero molto comoda. Mel aveva cercato di offrirle il letto dopo che Krista era stata ferita, ma la strega non ne aveva voluto sapere. "Ma se fosse lei," continuò, "sarebbe una coincidenza troppo grande."

"Ava." Quel nome riempì Mel di rabbia e di determinazione. Se era stata lei a lanciare la maledizione su Cassie, allora a Mel non sarebbe servita la pietra con la catenina da tenere al collo. Ci sarebbe stato un intero branco di leoni a darle la caccia, e non sarebbe passato molto tempo prima che la trovassero. Ma non si trattava solo di Cassie. Ava aveva sterminato la famiglia di Mel, il suo intero branco, quando lei era solo una bambina. Mel aveva fatto della vendetta contro la strega l'obiettivo della sua vita, e non era mai stata così vicina a raggiungerlo.

"O qualcuno a cui lei ha insegnato. Non riesco a immaginare nessuna delle grandi congreghe che l'avrebbe fatto." Tutto si riduceva alla politica. Ava non controllava ufficialmente nessun territorio e non era affiliata a nessuna congrega. Tutto ciò di cui rivendicava la proprietà veniva ceduto non appena otteneva ciò che voleva. "Ma," continuò Krista, "anche se fosse lei, vogliamo davvero combatterla qui? Ora?" Indicò con un gesto la sua ferita. "Non sono esattamente in forma smagliante, e non conosciamo questa gente."

"Stai seriamente suggerendo di scartare potenziali alleati? Non è che ci sia esattamente una folla, là fuori, pronta a darle la caccia." Nessuno che conoscesse Ava la osteggiava a lungo. La linea d'azione migliore per combatterla era evitarla.

"Queste persone erano i nostri nemici fino a due settimane fa. Non credi che si rivolteranno contro di noi non appena ne avranno l'occasione?" C'era una veemenza inaspettata nelle parole di Krista. "Non c'è niente per noi qui, Mel. Probabilmente dovremmo considerare di fare i bagagli prima che il loro territorio vada a fuoco."

Mel non rispose. Non poteva litigare con Krista, soprattutto dal momento che verosimilmente aveva ragione. Lasciò la strega a se stessa e si diresse fuori, determinata a sfogare un po' dell'energia che le bruciava dentro.

Lungo il tragitto vide Maya che scendeva le scale con un vassoio pieno di zuppa fumante. La leonessa non disse nulla e lei restituì il favore. Maya non sembrava essere di buon umore e Mel non aveva alcun desiderio di contrariarla. Non ancora.

Le parole di Krista la assillavano. Non era mai stata così pronta a fidarsi, così veloce ad offrire la sua lealtà. Eppure, quando si trattava di Luke Torres, Mel aveva paura di scoprire fino a che punto sarebbe arrivata esattamente. Il tradimento era fuori questione. Il solo pensiero la faceva star male e non poteva nemmeno prendere in considerazione la possibilità che lui le si rivoltasse contro. Semplicemente non sapeva se poteva rimanere e sperare per il meglio. Lui era un alfa, lei una ladra senza branco. I loro mondi non si incontravano.

Mai.

Si ritrovò fuori, nel giardino di Luke. Un breve tratto di prato ben curato terminava bruscamente nella fitta foresta del Colorado. Si incamminò fra gli alberi, e una volta al riparo si spogliò dei vestiti e si chinò per cambiare forma. Le ci volle un po' di tempo. Le sue mute complete non erano niente di speciale, non erano più dolorose dopo anni di pratica, ma ci voleva più di un minuto per passare da donna a leopardo.

Una volta completata la trasformazione si stiracchiò, lasciando che i lunghi artigli scavassero nella terra morbida. La smaterializzazione della sua forma umana e la ricomposizione in forma animale erano una bella sensazione. Percepiva ogni muscolo del suo corpo felino e la forza racchiusa nelle sue linee flessuose e letali. Non c'era niente di meglio. Nemmeno l'ebbrezza del furto.

Si mise a correre, lasciando che il vento la guidasse attraverso la foresta, schivando gli alberi e arrampicandosi. Continuò senza mai fermarsi così a lungo da perdere la cognizione del tempo. Non che per lei fosse importante, in quella forma. Un leopardo non aveva bisogno di orologi.

Dopo un'eternità, o forse solo un secondo, sentì un odore delizioso, felino come il suo ma diverso, maschile e che sapeva di savana invece che di giungla. Un leone. Il suo leone. Era uscito per giocare, e per il momento avrebbe avuto occhi solo per lui.

4

CAPITOLO QUATTRO

A LUKE VENNE QUASI da vomitare guardando Krista lavorare su Cassie. Non aveva mai visto la strega all'opera, non ne aveva mai vista lavorare nessuna in realtà e a quel punto sarebbe stato felice se non avesse mai più dovuto osservare gli effetti di un incantesimo su qualcun altro. Cassie si era agitata e contorta, urlando e pregandoli di smettere. Krista tuttavia li aveva avvertiti che la ragazza lo avrebbe fatto e che se non avessero proseguito in fin dei conti l'avrebbero solo danneggiata di più.

Luke aveva desiderato fermarla, ma Cassie voleva che Krista lanciasse l'incantesimo... Così, nonostante il dolore, non l'aveva interrotta e aveva trattenuto Maya dall'intervenire.

Forse Mel aveva avuto l'idea giusta. Era fuggita prima che quell'indefinibile tanfo di magia si diffondesse nella stanza, e non sapeva dove fosse andata. Forse era tornata in camera sua, o forse gli stava svaligiando l'intera casa. Ora che era tornata in possesso della pietra per cui era venuta poteva semplicemente andarsene, avendo raggiunto il suo unico obiettivo nel lavorare con lui. Era stata una mossa stupida, lo sapeva, ma ciò non lo aveva fermato.

Quando l'alfa decideva qualcosa, andava fino in fondo. Era la risolutezza a permettergli di rimanere a capo del branco.

Quindici minuti dopo il suo inizio, la magia si interruppe. Le urla di Cassie si spensero e l'unico suono nella stanza rimase il respiro affannoso di Krista.

Luke studiò la sorella. Il sudore le incollava i capelli biondi al viso e lei respirava profondamente, col petto che si sollevava teso ad ogni inspirazione. Era viva, incosciente ma viva. Rivolse lo sguardo su Krista. La sua pelle color miele era pallida, ed era coperta di sudore come la sorella. Sembrava che, per quanto impossibile, avesse perso due chili in altrettanti minuti. Appariva prosciugata, esausta, in condizioni terribili.

"È fatta, Alfa," disse la strega, con uno sguardo duro come l'acciaio negli occhi castani. "È viva."

Luke non aveva più energie per le minacce.

Cassie era viva, era l'unica cosa che contasse. Avrebbero risolto il resto in mattinata. "Grazie," le disse, e lasciò la stanza. Krista lo seguì e barcollò lungo il corridoio fino all'alloggio che divideva con Mel.

Maya uscì per ultima. "Farò venire Ginny a stare con lei." Guardò Krista allontanarsi. "Ha rischiato la vita per salvare Cassie."

Maya gli stava nascondendo qualcosa, ma lui si fidava di lei anche se aveva dei segreti. "L'ho ringraziata. Lei e Mel sono mie ospiti." Proprio in quel momento Luke prese una decisione che avrebbe potuto essere anche peggio dell'aver restituito alla ladra la sua pietra, se si fosse sbagliato. "Libero Mel da ogni obbligo per i suoi crimini e per quelli dei suoi soci."

Se ne andò prima che Maya potesse fare domande. Aveva bisogno di correre.

Uscire dalla sua stessa casa senza essere fermato non avrebbe dovuto essere un compito così difficile, ma fra vampiri, streghe e ladri ovunque, lui e i suoi leoni erano in costante e piena allerta. Eppure Luke aveva scelto il momento giusto e arrivò quindi alla foresta senza contrattempi. Si chiese se Mel si sentisse così, quando si introduceva nelle case di estranei nel cuore della notte per rubare le loro cose.

Sperava che provasse un po' più di un semplice

fastidio durante quelle incursioni. Un misto di paura ed eccitazione, la stessa sensazione che si era impossessata di lui durante la loro spedizione in Messico. Se non fosse stato per Inicio Nunca, i suoi ricordi sarebbero stati più piacevoli. Quell'uomo aveva ucciso il padre di Luke più di vent'anni prima. Per una buona riuscita della missione, lui e Mel l'avevano lasciato vivere. Un giorno, Luke gli avrebbe dato la caccia e si sarebbe vendicato. Ma non sarebbe successo quel giorno. Non sarebbe successo nemmeno molto presto.

Si spogliò dei vestiti e si accovacciò per la muta. Ma ancor prima del fremito iniziale della trasformazione, si bloccò. Non era solo in quei boschi. La sua ladra lo stava osservando. Aspettava.

Era un atto intimo trasformarsi davanti ad un'altra persona, ma sapere che Mel lo stava osservando non lo fermò. La muta fu rapida, come sempre. Un attimo prima era un uomo accovacciato a terra nella foresta, e neanche dieci secondi dopo al suo posto c'era un leone gigantesco, fatto più per le vaste distese dell'Africa subsahariana che per le foreste e le montagne nel bel mezzo degli Stati Uniti.

Eppure non c'era nessun altro posto dove avrebbe preferito essere in quel momento. Soprattutto non dopo che un magnifico leopardo era sgusciato fuori da un gruppo di alberi incrociando il suo cammino.

Lei si avvicinò, sfiorando con la coda la sua criniera e lanciandosi poi in volata prima che lui potesse fermarla.

Luke non ruggì. Quella non era una sfida per il suo branco, era una cosa personale e lui non era disposto a condividere la sua compagna con nessuno. Né ora, né mai. Prima lei se ne fosse resa conto, meglio sarebbe stato.

La inseguì, spaventando una lepre nella boscaglia. Non era quella il suo obiettivo, non gli interessava, non ancora. La sua preda non era neanche lontanamente così spaurita. Dopo diversi minuti che correva senza vederla si rese conto che forse era lui, non Mel, la preda. Se pensava che lui l'avrebbe tollerato, la ladra si sbagliava di grosso.

Si immobilizzò, ascoltando il silenzio della foresta. Già un'altra volta l'aveva inseguita, ma sembrava passata una vita intera. In quel momento non c'era rabbia in lui, non nei suoi confronti. Sentì un ramo spezzarsi davanti a sé e fu sul punto di lanciarsi nuovamente, ma all'ultimo momento si fermò. La sua ladra era furba. Non si sarebbe fatta catturare in un modo così banale.

Avanzò lentamente, appiattendosi sul terreno. L'odore di Mel era dappertutto e permeava i boschi intorno a lui. Riuscì a identificare una traccia, ma scoprì che girava in tondo per poi allontanarsi in ogni direzione. Non era la prima volta che lei correva in quella foresta. Trovò una traccia più fresca e la seguì, con tutti i sensi all'erta.

In qualche modo Mel si era nascosta. Gli sembrò di percorrere chilometri, e ancora non la vedeva.

Era su un albero. Se ne accorse un attimo troppo tardi, quando lei gli piombò addosso dall'alto, colpendolo giocosamente su un fianco prima di ripartire in corsa. Questa volta Luke era in vantaggio. Era più grosso, più veloce e conosceva ogni angolo di quella foresta.

Coprì la distanza che li separava in lunghe falcate, le sue zampe macinavano terreno sotto di lui come se niente fosse. Alla fine fece un balzo, atterrando sulla schiena di Mel e immobilizzandola a terra. Lei lottò per un po' e poi si arrese. La morse alla base del collo, non per ferirla, ma solo per dimostrarle che l'aveva catturata.

Poi corsero insieme, inseguendo altri animali nella foresta e gareggiando fra loro. Continuarono a lungo e Luke si sentì felice come non lo era mai stato da prima del loro primo incontro. Il pensiero delle sue responsabilità si ritirò in un recesso della sua mente e lui si concentrò solo sul concedersi quel tempo insieme a Mel.

Le mostrò un angolino erboso dove poterono sdraiarsi insieme; i loro corpi avevano bisogno di riposo. Posò una zampa sulla sagoma felina di Mel e sentì il suo respiro appianarsi e rilassarsi. Per una volta tutto sembrò perfetto, e si permise di dormire.

Mel si risvegliò in forma umana e rimase un po' sconcertata dalla gigantesca zampa del leone appoggiata sul suo ventre nudo. Sentiva sulle costole il peso di quell'arto enorme ma fu cauta nel liberarsene. Lui non le avrebbe fatto del male di proposito, ma era addormentato e avrebbe potuto agire d'istinto, sventrandola prima di capire cosa stesse facendo.

Si mosse lentamente, sollevando la zampa di qualche centimetro finché non ebbe abbastanza spazio per girarsi e allontanarsi dalla portata dei suoi artigli. O almeno avrebbe avuto abbastanza spazio se lui non avesse cambiato posizione un secondo prima che lei si muovesse, schiacciandola di nuovo sotto il suo peso. Mel si lasciò sfuggire una risatina.

Il lato positivo era che la zampa di lui non era più sul suo stomaco e poteva quindi provare a svegliarlo senza rischiare ferite troppo gravi. Strofinò la testa sulla sua criniera, affondando nel calore della sua pelliccia. Si sentiva bene nonostante il freddo della sera; era meglio di una coperta gigante.

Luke ebbe un fremito accanto a lei, il pelo cominciò a ritrarsi e la sua sagoma si ridusse fino a quella di un uomo di normali dimensioni. Un uomo normale, nudo. Lui la tirò vicino a sé con braccia ormai umane e Mel si ritrovò alle prese con un problema di tipo completamente diverso.

Luke le tracciò un percorso di baci sul collo e sul profilo della mascella. "Ciao," disse. "Dormito bene?"

"Mmm." Lei non aveva voglia di parlare, non quando la bocca di lui poteva essere usata in modi di gran lunga migliori. Piegò la testa e catturò le labbra di Luke con le proprie, facendo guizzare la lingua nella sua bocca. Sì, così andava meglio, molto meglio. Perché si era trattenuta dal toccarlo? Sentiva che era troppo giusto, per non farlo.

Rimasero per un po' a baciarsi, avvinghiati, prima che Mel cominciasse ad esplorare con le mani i pettorali tesi sul torace di Luke. Quell'uomo era fatto di muscoli possenti e definiti al punto che avrebbe potuto sollevare una macchina sopra la testa. Beh, avrebbe potuto farlo se si prendeva in considerazione anche la forza di un mutaforma.

Le mani di lei scesero sempre più in basso, sfiorando la prova dell'eccitazione di Luke.

Lui si rigirò e la immobilizzò sotto di sé sul terreno. In un'altra occasione lei avrebbe potuto protestare, ma in quel momento sembrava giusto così. Non si trattava di dominio, ma di contatto, di piacere. Lui interruppe il bacio, sorridendole.

"Sei bellissima," le disse, con gli occhi accesi e il sorriso sulle labbra. "Non ho mai desiderato nessuna più di quanto desideri te."

Una parte di Mel provò l'istinto di difendersi da quello sguardo. Se ne sentiva invasa, come se le stesse cambiando qualcosa nel profondo. Era una follia. Doveva essere un momento piacevole, niente di più. Due adulti che si scaricano un po'. Così gli restituì il sorriso e si disse che non era niente di serio.

"Allora dimostramelo," gli disse.

Sopra di lei, Luke si abbassò e le prese in bocca un capezzolo, passandoci intorno la lingua. Continuò a stuzzicarlo, fino a lasciare il segno. Mel gemette e affondò le dita fra i suoi capelli. Era una bella sensazione. *Davvero* bella. Di certo lui sapeva come usare la lingua. Gli passò una gamba attorno al fianco, aprendosi per lui.

Lo voleva dentro di sé, con forza e in profondità.

Lui non raccolse l'invito, continuando invece con soddisfazione a giocare con i suoi seni. Non che lei se ne lamentasse. Faceva quasi le fuse per il piacere. Era passato troppo tempo dall'ultima volta che si era concessa momenti come quello.

Se doveva essere onesta, non si era mai sentita così.

Ma Mel raramente era onesta.

Luke si allontanò dai suoi seni, scendendo a baciarle il ventre e poi giù per una gamba, soffermandosi fra le cosce. Mel si spostò un po' e sentì l'erba sotto di sé. Un altro piccolo movimento e si sentì pungere da qualcosa.

Scattò in piedi, urtando Luke mentre si alzava.

Lui cadde all'indietro e la guardò mentre lei si dava qualche manata sul sedere per togliere terra ed erba, lanciando poi fra gli alberi un grosso pezzo di corteccia. "Che roba è?" chiese lui, con la preoccupazione in volto.

Mel guardò la terra che le era rimasta fra le dita e poi si rivolse nuovamente a Luke. L'eccitazione scorreva ancora calda dentro di lei, ma l'ambientazione l'aveva un po' soffocata. "Quando faremo sesso sarà in un letto," disse. "O sul pavimento, o su un tavolo, non mi interessa granché, basta che non abbia della corteccia conficcata nelle chiappe." Gli spazi aperti esercitavano un certo fascino su alcune persone e Mel amava correre quando si trasformava in leopardo. Ma quando tornava alla sua forma umana, era il tipo di donna che preferiva cose più raffinate. Come le coperte e i pavimenti. E niente corteccia.

Luke si guardò intorno e sembrò realizzare solo allora dove si trovavano. Esplose in una fragorosa risata. "Ce l'ho, un letto," disse. Suonò come una promessa.

Si alzò e le tese una mano. Mel la prese e gli diede un rapido bacio sulle labbra. Non si vergognava della sua nudità. Era un fatto naturale nella vita e a lei piaceva il suo corpo. Mentre si incamminava per tornare al luogo dove aveva lasciato i vestiti, con Luke che la seguiva, sentiva lo sguardo di lui fisso sul suo sedere ondeggiante.

Era contenta che anche a lui piacesse il suo corpo.

5

CAPITOLO CINQUE

LUKE ERA SOLO LEGGERMENTE DELUSO al termine di quel loro intermezzo, e sebbene fosse frustrato il suo sangue ribolliva ancora di desiderio. Diavolo, lo si poteva considerare un progresso. Mel aveva ammesso che sarebbero andati a letto insieme. Doveva però lavorare ancora sul resto. Lei sembrava pensare che potessero solo divertirsi un po' e poi farla finita.

Lui non si sarebbe accontentato di una sola notte. Non sarebbe mai stato abbastanza. Non con lei.

Trovarono i loro abiti dopo pochi minuti e si rivestirono in silenzio. Mel stava per ritornare verso casa quando Luke la fermò prendendole una mano e tirandola gentilmente a sé. "Aspetta," disse. "C'è una cosa di cui ti vorrei parlare."

Mel al suo tocco non fece resistenza, si appoggiò a

lui e gli mise una mano sul petto. Sollevò lo sguardo con un sorrisetto. "Non lo farò nemmeno contro un albero."

Lui non ci aveva pensato, non finché non glielo aveva suggerito. Gli balenò nella mente l'immagine delle gambe di Mel avvinghiate ai suoi fianchi mentre lui si spingeva dentro di lei. Dio, la cosa gli stava sfuggendo di mano. Si guardò intorno e allungò una mano per saggiare la resistenza di una delle querce vicino a loro. "Non saprei, sembra abbastanza robusta. Magari possiamo legarti in vita una maglia per proteggere il tuo delicato sederino."

Lei lo spinse via, facendo un passo indietro, ma rideva. "Sarà il tuo delicato sederino quello a rischio, se continui a parlare così."

"Devo davvero chiederti una cosa, però. Niente a che vedere con il sesso contro i tronchi d'albero." Si appoggiò alla suddetta quercia, studiando Mel. Sembrava a casa in quella foresta, perfettamente a suo agio. In effetti era raro che sembrasse fuori posto. Probabilmente era uno dei suoi tanti talenti.

"Cosa c'è?" chiese lei.

"Tu o Krista sapete cos'è il pozzo?" Lui ancora non l'aveva capito. Aveva avuto l'intenzione di parlarne una volta tornato dall'incontro, ma l'argomento era stato accantonato in vista del piano di Krista per aiutare Cassie. Alla fine, la strega era sembrata così stanca che lui le aveva detto di andare a riposare prima ancora di ricordarsi che avrebbe dovuto chiederglielo. "È qualcosa che una delle streghe voleva." Avrebbe potuto evitare di darle quell'informazione, ma non voleva tenere quel tipo di segreti con Mel.

Che Dio lo aiutasse, si fidava di lei.

Il viso di Mel impallidì e le sue mani tradirono un leggerissimo tremito. Scosse la testa lentamente e indietreggiò di un passo barcollando. "Hai un *Pozzo* nel tuo territorio?" Strinse le braccia intorno a sé, probabilmente per fermare il tremito. "Devi radunare il branco e fuggire. Dovete andare il più lontano possibile, o morirete tutti. Sono notizie pessime."

Cosa ci poteva essere di così terribile? "Cos'è un Pozzo?" chiese ancora, enfatizzando la parola. Dal modo in cui lei l'aveva pronunciata, sembrava che dovesse essere scritta con la maiuscola. Voleva incoraggiarla a parlare, soprattutto vista la sua reazione, e per il bene del suo branco aveva bisogno di sapere tutto.

"Non posso spiegartelo ora." Si voltò e fuggì verso la casa. Luke non la seguì. Aveva bisogno di riordinare le idee. Pensava di essere arrivato a conoscere Mel abbastanza bene nelle ultime settimane e lei non si lasciava prendere dal panico, non in quel modo.

In Messico lei non aveva battuto ciglio quando l'assassino di suo padre era allegramente entrato nel salone della proprietà di Marco. Si era introdotta in casa sua in più di un'occasione e anche come sua prigioniera era stata straordinariamente calma. Ora bastava nominare un Pozzo ed era pronta a fuggire? Ad arrendersi? Era quasi terrorizzato all'idea di scoprire di cosa si potesse trattare.

Si incamminò verso casa qualche minuto più tardi con l'intento di raggiungere Mel e di offrirle conforto.

Quando arrivò, lei si era già rifugiata con Krista nella loro stanza. Fece per bussare, ma si fermò all'ultimo minuto. Se lei stava dando di matto, non sarebbe stato di aiuto. Aveva altre cose da fare assolutamente.

In cucina trovò Maya che stava vuotando la lavastoviglie e mettendo a posto i piatti. Quando lei lo vide si interruppe. "Cosa succede?" chiese.

"Raduna la cerchia ristretta. Dobbiamo fare una riunione." Non aveva comunicato molti dettagli sulla situazione, determinato a tenere Cassie al sicuro. Non erano più al sicuro da tempo, ormai. "E io devo parlare con Peklo."

"Non stai per fare qualcosa di stupido, vero?" chiese Maya a denti stretti.

Luke aveva programmato un incontro con James Peklo più di una settimana prima per discutere di un'iniziativa imprenditoriale che il leader dei vampiri voleva dirigere. Vampiri e mutaforma in generale non andavano d'accordo ed era passato quasi un secolo da quando una delegazione pacifica si era avventurata nel territorio di Luke. Poi con il furto di Mel e il rapimento e la maledizione di Cassie, aveva deciso di rimandare l'incontro col vampiro. Farlo arrabbiare non sarebbe stata una mossa saggia.

"Tu pensa ad organizzare la riunione."

Maya annuì e lo lasciò solo. Luke salì alla Sala di Guerra al piano di sopra e chiuse la porta alle sue spalle. Ciò non avrebbe impedito a nessuno di sentire ogni parola detta all'interno, ma segnalava il suo desiderio di privacy. I suoi leoni l'avrebbero rispettato.

Compose il numero di Peklo e aspettò che il telefono squillasse.

Molti dei membri più anziani della comunità soprannaturale erano riluttanti a portare avanti gli affari usando qualsiasi tecnologia inventata dopo il Cinquecento. Quel vampiro era leggermente più flessibile, essendo disposto a gestirne una parte per telefono, ma si rifiutava di discutere dei dettagli o di concludere trattative in qualsiasi modo se non di persona.

Il telefono squillò diverse volte a vuoto, ma Luke

non riattaccò. Al quinto squillo la sua pazienza fu premiata.

"Uffici di Jim Peak, come posso aiutarla?" chiese la receptionist della sua azienda principale, con voce allegra e femminile.

"Sono Torres. Ho bisogno di parlare con il signor Peak." Peklo era in circolazione da secoli, non poteva continuare a usare il suo vero nome. Avrebbe destato sospetti. La receptionist chiese a Luke di aspettare e lo mise in attesa.

Dopo altri tre minuti il vampiro rispose, con una parlata del tutto priva di accento straniero. Sembrava che fosse nato e cresciuto in Colorado. Una bella impresa per un uomo che si diceva avesse più di quattrocento anni. "Buon pomeriggio, signor Torres. Mi fa piacere che finalmente sia riuscito a contattarmi. È pronto a fissare una nuova data per il nostro incontro?"

"Non ancora. Ho chiamato nella speranza che potesse farmi la cortesia di rispondere ad alcune domande." Luke non pensava che ci fosse un collegamento fra Peklo e i vampiri che avevano rapito Cassie, ma non poteva chiederglielo direttamente. Tuttavia sarebbe stato poco prudente ignorare quella possibilità.

"Ho qualche minuto. Spero proprio che vada tutto bene." Luke dovette ammettere che sembrava preoccupato. Non se la bevve neanche per un momento, ma il livello di recitazione era impressionante.

"Qualcuno dei suoi associati ha per caso tentato di sconfinare dal vostro territorio di recente? Potrei avere delle informazioni che le sarebbero utili, in tal caso." A Luke sarebbe piaciuto parlare senza eufemismi, ma c'erano sempre orecchie dappertutto. Forse gli anziani *avevano scoperto* qualcosa con i loro metodi arcaici.

"Se pensa che io abbia intenzione di parlare di questioni interne con qualcuno come lei, direi che possiamo chiudere immediatamente la comunicazione." Peklo aveva troppa esperienza per confermare i sospetti di Luke con una risposta incauta.

"Mi dispiacerebbe pensare che lei abbia autorizzato la violazione dei nostri accordi di confine lasciando vagare liberamente i suoi uomini." Non era una minaccia. Luke non era nella posizione di lanciare un'offensiva contro il vampiro.

"Un tizio slavo, ad esempio?" chiese Peklo. "Ho lasciato passare lui e qualche forestiero. Non sono miei uomini."

"Quindi non le interessa cosa potrebbe succedergli?" Il vampiro probabilmente stava mentendo, a Luke qualcosa nel suo tono disinvolto sembrò stonato.

"Tanto per parlare chiaramente, signor Torres, lei potrebbe volersi guardare le spalle." Il fatto di non aver risposto alla domanda e di aver cambiato argomento suscitò la curiosità di Luke.

"Cioè?"

"Ho avuto notizia di una ladra di passaggio. È arrivata in città in aereo circa una settimana fa. Non mi sono dato pena di farla pedinare ma chissà cosa starà cercando. Tenga d'occhio i suoi oggetti di valore." Stava parlando di Mel, era certamente così.

Luke non rispose, chiuse la comunicazione e si appoggiò allo schienale della sedia. Era una provocazione o un reale avvertimento? Peklo sapeva che lui e Mel avevano... un rapporto complicato? O si stava vantando di essere coinvolto nel furto?

Maya bussò alla porta ed entrò prima che lui potesse rispondere. "Ho convocato la riunione. Saranno qui tra un'ora."

Luke fece un cenno di assenso. Era il momento di chiedere aiuto.

6

CAPITOLO SEI

"È Ava. È Ava, cazzo, e c'è un altro fottuto Pozzo." Mel camminava avanti e indietro nella loro piccola stanza, con le braccia incrociate mollemente sull'addome.

Krista si limitava a guardarla, seduta sul letto. La sua ferita richiedeva molta energia per guarire e Mel sapeva che Krista non aveva intenzione di sprecarla con scene melodrammatiche. "Non mi viene in mente nessun altro che potrebbe volerne uno. È troppo pericoloso."

"Ho visto quelle voragini," sbottò Mel. Una parte di lei si sentiva di nuovo una bambina di otto anni e non sapeva come impedirlo. Ogni sensazione positiva che aveva provato con Luke poco prima era svanita. Al suo posto c'era solo paura. "Pensavo che avrei potuto trovarla se avessimo avuto la nostra occasione, ma non se sarà così carica."

"Lo Smeraldo Scarlatto dev'essere un fulcro," disse Krista.

Mel era d'accordo, anche se non aveva le doti magiche per percepirlo da sola. Un fulcro permetteva all'utilizzatore della magia di attingere all'energia di un Pozzo, ma c'era sempre una lunga lista di regole ad accompagnare quei manufatti magici. "Io l'ho rubato, ma se ce l'ha lei vuol dire che è suo?" Poteva essere la differenza tra la vita e la morte per il branco di Luke, e un inferno per l'intero Stato del Colorado. Ava poteva anche usare un fulcro che non "possedeva" magicamente per prosciugare un Pozzo della sua magia, ma avrebbe ottenuto solo un decimo del potere disponibile.

Krista scosse la testa. "No, dovrebbe ancora appartenere a Luke."

"Sia ringraziato il cielo." Lo Smeraldo Scarlatto da solo valeva l'intera carriera di ruberie di Mel.

Krista ignorò il sollievo di Mel e continuò a parlare. "Ma anche se così fosse, ha importanza? Sappiamo perfettamente cosa può fare con un Pozzo anche se non possiede un fulcro. Ci dev'essere un motivo se vuole questo. Sono troppo pericolosi per usarli sconsideratamente."

Era la verità. Mezza Siberia una volta era esplosa

quando una strega aveva attinto energia da un Pozzo. Aveva un fulcro in suo possesso. Per quello che si sapeva, quella donna non aveva fatto nulla di sbagliato, ma l'energia l'aveva respinta ed era esplosa verso l'esterno. Tre congreghe erano state spazzate via dalla faccia della Terra in pochi secondi.

Dopo il poco tempo che aveva avuto per pensare, Mel seppe cosa doveva fare. "Devo dire a Luke di Ava. Sta procedendo alla cieca e andando avanti così le cose si metteranno male. Velocemente." Stava ancora camminando su e giù per la stanza, infilandosi le mani in tasca e poi tirandole fuori per incrociare le braccia sul petto. Nonostante la decisione appena presa si sentiva in alto mare, alla deriva.

"E cosa farai quando lui deciderà di dare ad Ava la proprietà della pietra in cambio della vita di Cassie? Perché sai anche tu che lei glielo prometterà."

"Non lo farebbe," rispose Mel di getto senza nemmeno averci pensato.

"Non salverebbe sua sorella?" Krista sgranò gli occhi.

"No, certo, farebbe qualsiasi cosa per salvarla." Mel però non pensava che Krista avesse ragione sul modo in cui l'avrebbe fatto. "Ma è troppo intelligente per credere ad Ava, anche senza sapere niente di lei. Ha già lanciato la maledizione su Cassie e sta invadendo il suo territorio. Sarebbe un pazzo a prenderla in parola."

"Si è fidato di te e di me. E noi gli avevamo già fatto un torto." Dopo aver spiegato le sue ragioni, Krista si mise sotto le coperte. "Penso che dovremmo considerare di andarcene da qui prima che Ava ci trovi."

Quella era stata la prima reazione di Mel, ma ora non era più così sicura che fosse la cosa giusta. "Come minimo dobbiamo dirgli cosa può fare un Pozzo."

Krista non era convinta. Ma non riuscì ad aggiungere altro per via del baccano della porta d'ingresso che si chiudeva di schianto e di un intenso ruggito proveniente da una gola umana. "Cosa diavolo è stato?"

Uscirono dalla stanza e scoprirono quattro leoni nell'atrio, che si abbracciavano e si salutavano. Mel riconobbe Sinclair, ma gli altri erano sconosciuti.

"La cerchia ristretta," disse Maya dietro di loro. "Brynne," continuò indicando una donna, "Jonas," un uomo alto di colore, "e Killian," quest'ultimo un uomo ugualmente alto ma con i capelli biondi. Mel non sobbalzò ma non fu contenta che la leonessa l'avesse colta di sorpresa. "Luke li ha chiamati per discutere alcune questioni." Fece una pausa poi continuò, controvoglia. "Potete unirvi a loro, purché restiate in silenzio."

Maya le condusse nella Sala di Guerra, dove si era riunito il resto della cerchia ristretta. Sebbene qualcuno di loro lanciasse sguardi curiosi verso Mel e Krista, nessuno fece lo sforzo di presentarsi. Mel si appoggiò al muro in un angolo, aspettando Luke.

Lui arrivò pochi minuti più tardi. Era scuro in viso ma le indirizzò un cenno e un piccolo sorriso prima di salutare i partecipanti alla riunione. Ci vollero diversi minuti perché ciascuno si accomodasse e si facesse abbastanza silenzio per cominciare.

I leoni presero posto nel guazzabuglio di sedie che erano state sistemate nella stanza, e Mel e Krista rimasero in piedi dietro tutti loro. Nessuno fece domande sulla loro presenza; nessuno fece loro il minimo cenno di saluto.

Luke richiamò l'attenzione dei presenti con un forte battito di mani. "Abbiamo un problema," esordì.

Nessuno si mosse, trattennero tutti il respiro. Mel studiò gli altri membri del branco mentre Luke parlava. Uno serrò le labbra quando Luke riferì che a sua sorella era stata lanciata una maledizione. Un'altra sbatté le palpebre una volta, lentamente, quando apprese che le streghe erano in qualche modo coinvolte in tutto quel casino.

Luke espose la maggior parte dei fatti, tralasciando Inicio Nunca e l'esatta natura della sua relazione con Mel. Ripercorse tutto velocemente. Visto il pericolo della situazione in cui si trovavano, sarebbero stati necessari più di dieci minuti per spiegare tutto.

Una volta finita tutta la storia, concluse dicendo: "Come forse saprete, Mel è la donna che ha rubato lo Smeraldo Scarlatto." Fece un cenno rivolto a Mel, ma nessuno degli altri leoni si girò a guardarla. "Ha la mia piena assoluzione."

Quella dichiarazione non fu una sorpresa, ma Mel combatté l'impulso di chiudere gli occhi e di trarre un profondo respiro di sollievo. Avrebbe danneggiato la sua immagine di ladra misteriosa.

Krista guardò entrambi per un lungo momento, poi alzò gli occhi al cielo e sospirò. Stranamente lanciò un'occhiata a Maya prima di alzare lentamente la mano attirando l'attenzione di Luke. "Posso parlare?" chiese.

Luke annuì.

"Noi pensiamo che tu sia stato preso di mira da una strega di nome Ava. Il Pozzo che sta cercando le assicurerà un potere quasi divino mentre lo controlla. Non so perché lo voglia, ma ha già ucciso in passato per questo motivo." Krista non parlò dei loro trascorsi con Ava né di quali orribili bassezze avesse raggiunto in passato, ma gli altri leoni nella stanza la presero in parola.

"Dov'è il suo territorio?" chiese Sinclair. Le sue labbra erano appena visibili sotto la folta barba.

"Opera sulla costa orientale," disse Mel. "Ma non ha un territorio ufficiale."

"È stata in circolazione per secoli, ma nessuno sa esattamente da quanto tempo. Ufficiosamente controlla almeno quattordici congreghe in sei Paesi, ma la maggior parte delle altre streghe non le si avvicina. Chi lo fa se ne pente amaramente," aggiunse Krista.

"Il suo modus operandi è questo. Trova i nemici o i rivali di qualcuno e stringe un accordo con loro. È un rapporto simbiotico. Il rivale indebolisce il territorio, rendendole semplice l'accesso per ottenere ciò che vuole. Quando lei se ne va gli lascia il controllo, facendoselo quindi alleato. La maggior parte delle persone non si rende conto che il massacro è qualcosa di più di una semplice disputa territoriale." Mentre parlava, Mel poteva quasi sentire l'odore del sangue che impregnava il terreno durante quella notte di tanti anni prima. Ispirò lentamente e serrò le labbra per cercare di mantenere la calma.

Jonas si strofinò con la mano la barbetta scura sul mento. "Come fa lei a sapere di questo Pozzo se non avevamo idea della sua esistenza neppure noi? Perché non può semplicemente trovarne uno che non sia sul nostro territorio?"

"I Pozzi sono incredibilmente rari," rispose Krista. Mel percepiva la frustrazione nella sua voce nel dover spiegare qualcosa di così semplice. La strega non era abituata a lavorare con i mutaforma, a eccezione di Mel; nel suo mondo tutti sapevano quel che c'era da sapere sulla magia. "Ne sono stati scoperti solo tre negli ultimi cento anni. Per quanto riguarda la modalità, lei ha persone che studiano per lei le tradizioni popolari e ci sono incantesimi per scoprire questo genere di cose. È la maggiore esperta nel trovarli e non rischierebbe di venire nel vostro territorio se non fosse dannatamente sicura che qui ci sia un Pozzo."

Brynne passò lo sguardo su ognuno dei leoni nella stanza. I capelli le ricadevano oltre le spalle in boccoli scuri e portava un paio di occhiali dalla montatura spessa. "Butto lì un 'idea, non staccatemi la testa." Il suo accento sembrava della costa orientale o giù di lì, anche se era quasi impossibile stabilirlo con maggiore precisione. "E se le dessimo il Pozzo, semplicemente? Possiamo dirle che può prendere il potere e andarsene immediatamente dopo aver finito.

Mi rendo conto che non è la soluzione ideale, ma eviterebbe spargimenti di sangue."

Luke sollevò una mano e scosse la testa. "Questa è la mia casa. La nostra casa. Non lascerò che qualcuno rubi ciò che è nostro." Mel decise che non sarebbe stato prudente osservare che lei stessa aveva già rubato ciò che era suo.

"Non è così semplice, comunque." Mel si sentì in dovere di sottolinearlo. Quei leoni non avevano idea di quanto Ava fosse davvero pericolosa. "Se avesse pensato che glielo avresti dato, avrebbe negoziato. Negoziato *davvero*, invece di fare quello che ha fatto. Intendo rapire Cassie, lanciarle una maledizione e minacciare di ucciderla. Come minimo si è alleata con dei vampiri, presumibilmente le persone a cui intende far prendere il controllo del territorio quando avrà finito con te. Non giocherà pulito."

Sinclair, scettico, guardò alternativamente Krista e Mel per due volte, prima di parlare. "Come fate voi due a sapere tutte queste cose? Avete entrambe quanto, venticinque anni?"

"Garantisco io per loro," disse Luke, con un tono che non ammetteva repliche.

I membri della cerchia ristretta chiaramente non gradirono quella spiegazione. Mostrarono il loro disappunto agitandosi sulle sedie e sbuffando.

"No, Luke," disse Mel. "Non possono fidarsi di

noi se non sanno perché conosciamo Ava." Anche se sapeva di doverlo fare, Mel impiegò qualche attimo per radunare le idee prima di dare una spiegazione. "La faccio breve. Quand'ero una bambina, Ava ha sterminato la mia famiglia perché nel nostro territorio c'era un Pozzo."

Quando era successo era troppo lontano per udire le urla, e infatti era sopravvissuta solo perché si era attardata a giocare nella foresta prima di cena. "Dopo sono stata adottata dalla congrega di Ava."

Krista diede una stretta all'avambraccio di Mel per offrirle conforto e prese la parola per proseguire, dandole un momento per riprendersi. "Mia madre ci ha fatto uscire dalla congrega quando avevamo dodici anni. Dopo tanto tempo avevamo imparato che tipo di donna fosse Ava esattamente. E Mel ed io abbiamo entrambe giurato che l'avremmo sconfitta."

"Ho accettato il lavoro del furto al vostro branco solo perché la ricompensa ci avrebbe dato un'occasione per colpire Ava." Non si stava scusando, ma non vedeva il motivo di non dare spiegazioni.

"C'è un modo per salvare mia sorella senza dar loro quello che vogliono?" chiese Luke. Era in piedi dietro una sedia stringendo convulsamente lo schienale e Mel pensò che lo stesse facendo per impedirsi di attraversare la stanza e andare a offrirle conforto. Non sapeva se l'avrebbe accettato o meno. Si sentiva esattamente a metà tra la voglia di urlare e quella di piangere, e teneva duro solo per la necessità di mantenere un contegno di fronte a quella gente pericolosa.

Krista lasciò il braccio di Mel e guardò Luke. "La maledizione potrebbe essere rimossa se Cassie uccidesse la persona che l'ha lanciata. Ma in questo momento è debole e ancora non sappiamo quale degli uomini di Ava sia il responsabile."

"Senza offesa, alfa," disse Maya, "ma non penso che tua sorella possa uccidere una strega potente come Ava."

"Non può essere stata lei a lanciare la maledizione," intervenne Krista. "Sono incantesimi rischiosi e comportano una perdita di potere quasi costante. Chiunque sia con lei potrebbe averlo fatto, però."

"Pensi di poter capire chi è stato?" chiese Luke.

Krista annuì. "Ci posso provare."

"Quindi cosa facciamo con il Pozzo?"

"Puoi distruggerlo," rispose Mel, "quando l'avrai trovato. Krista e io conosciamo l'incantesimo per farlo, e lei ne ha il potere."

Luke annuì. Guardò Krista. "Trova il modo di salvare mia sorella," le disse prima di rivolgere l'attenzione a Mel. "Facciamo fuori questa strega."

A Luke dispiaceva di non aver potuto portare conforto a Mel dopo aver sentito la sua storia, ma non era né il momento né il luogo adatto e lei si sarebbe risentita per quell'offerta se lui fosse stato così stupido da farla.

"Allora, come facciamo a trovare il Pozzo?" chiese a Krista. Era piuttosto ironico che le due donne che avevano lasciato che lo Smeraldo Scarlatto finisse nelle mani di Ava fossero anche le sole a poter portare in salvo il branco in tutto quel casino.

Krista aggrottò la fronte, cercando probabilmente di trovare un modo per spiegare come trovare qualcosa di intrinsecamente magico a un uomo che non avrebbe mai lanciato un incantesimo. "Il Pozzo di per sé non è un'entità materiale. Ci sono protezioni naturali a far sì che rimanga invisibile a occhio nudo."

Certo che c'erano. Luke non riuscì a trattenere un sospiro ma non interruppe la strega.

"Ma il Pozzo deve aver avuto di certo un'influenza sul terreno," continuò lei. "La vita vegetale che lo circonda probabilmente ha dimensioni maggiori del normale, alberi con tronchi più grossi, funghi come fossero usciti da Alice nel Paese delle Meraviglie, cose del genere. E non credo ci sia nessun animale nelle vicinanze. Nemmeno insetti. A logica deve trovarsi in uno dei punti più remoti del tuo territorio se Ava e la sua gente non l'hanno trovato. Se fosse vicino ai confini avrebbe già sfruttato il suo potere e saremmo tutti morti."

"Non c'è un incantesimo per localizzarlo?" chiese Maya.

Krista scosse la testa. "Nessun incantesimo mi ci porterebbe direttamente. Quelli di Ava le hanno dato una zona. Lei poi lo può localizzare una volta che si trovi nelle vicinanze. Comunque non ce n'è uno che mi dia le coordinate GPS, e anche se ci fosse sarei cauta. Ava è dannatamente potente e qualsiasi magia io faccia rischia di essere rilevata da lei, non importa se anche prendo precauzioni."

"Allora troveremo questa cosa con i mezzi tradizionali." Luke si rivolse poi a Brynne e Killian. "Voi sorvegliate il branco. Mettete la sicurezza in massima allerta e tenete tutti vicini. Voglio controlli quotidiani su ogni membro. Questo non è il momento di prendersi una vacanza. Aggiornatemi su eventuali estranei sul territorio e tenete d'occhio quelle streghe."

"Ricevuto," disse Brynne.

"Jonas e Sinclair, voi due prendete la metà orientale del territorio. Io e Mel prendiamo quella occidentale." Ai suoi consiglieri non piacque l'idea, ma quello era il primo passo per far sì che accettassero Mel più facilmente. Se lei avesse deciso di restare.

"Ho voce in capitolo?" chiese Mel con un tono a metà fra il divertito e il frustrato.

"Lui è l'alfa," disse Killian. "E ha dato un ordine."

La stanza si fece silenziosa. Mel si voltò per affrontarlo. In due lunghi passi fu davanti a lui, tenendo saldamente le mani sui fianchi. "Questo non è il mio branco."

Luke aspettò prima di parlare. Avrebbe protetto Mel da Killian e da chiunque avesse cercato di farle del male ma non l'avrebbe sminuita, specialmente non in quel primo conflitto di potere.

Killian digrignò i denti e il debole brontolio di un ruggito gli gorgogliò in fondo alla gola. "Tu rispetterai questo branco e l'autorità dell'alfa finché sei nel suo territorio," affermò perentorio.

Mel arretrò un po' e sembrò che la tensione l'avesse abbandonata. Ma Luke la vedeva ancora serrare i pugni ed era curioso di sapere che cosa avesse intenzione di fare a quel punto. Non pensava che potesse battere Killian in un combattimento, ma se avesse mai accettato di essere la sua compagna e la femmina alfa, avrebbe dovuto gestire la cerchia ristretta senza spargimento di sangue.

Lei fece un sorrisetto e inclinò la testa di lato.

"Credo che se l'alfa avesse un problema con quello che ho detto, me lo farebbe notare." Si girò e rivolse a Luke il suo più smagliante sorriso. Era del tutto fasullo, eppure lui ne fu ugualmente colpito. "Avete un problema con me, vostra grande e potente alfatudine?"

Che mancanza di rispetto. Era una vera e propria insubordinazione. Ma la tensione svanì e Luke vide Brynne e Jonas tentare – fallendo – di nascondere un sorriso. Maya non ci provò nemmeno a reprimerlo e solo Sinclair rimase pensieroso.

"Occupatevi della città," disse Luke ai suoi. "Cercheremo al calar della notte". Se ne andarono, ciascuno stringendogli brevemente il braccio prima di uscire.

"Vorrei vedere Cassie," disse Krista.

"Certo," assentì Luke. La condusse nuovamente verso la camera di Cassie e notò che Mel li seguiva. Maya si allontanò, ma lui non si chiese dove stesse andando. Aveva un sacco di lavoro da fare senza che lui si intromettesse.

Stavano per andare al piano di sopra quando la porta di ingresso si aprì. Luke pensò che fosse uno dei suoi compagni della cerchia ristretta che tornava, ma quando le sue narici colsero un odore lievemente familiare si irrigidì. Era il terzo socio, Bob.

L'uomo alto e scuro entrò e chiuse la porta alle

sue spalle. Sorrise quando vide Krista e lei si precipitò ad abbracciarlo. Mel rimase al fianco di Luke e si limitò a salutarlo con un cenno. C'erano un bel po' di trascorsi tra loro tre e Luke non ne conosceva la maggior parte. Dubitava che avrebbe mai compreso del tutto le interazioni che avevano luogo in una banda di ladri.

Quando Krista sciolse l'abbraccio gli sorrise, con la speranza negli occhi. "Cosa hai scoperto?"

"È Ava." Se Bob avesse dato quell'esplosiva notizia qualche minuto prima, ne avrebbe ricavato un sussulto scioccato.

"Ci siamo arrivate anche noi," disse Mel, ripresasi completamente dal trauma di sentire il nome di Ava, o almeno in grado di nascondere le sue emozioni ora che era passato del tempo.

Bob annuì. "Ha tenuto d'occhio la zona negli ultimi tre anni. Un gruppo di vampiri ha appena accettato di aiutarla. Non ha intenzione di restare."

Luke aveva passato gli ultimi otto anni a studiare i movimenti della politica soprannaturale locale. Aveva informatori dedicati in ogni città del Colorado con più di centomila abitanti, e altri ancora sparsi nel resto della regione. Non sapeva tutto quello che succedeva nel mondo soprannaturale ma ne era tutt'altro che ignaro. Il che faceva sorgere una domanda. "Come fai a saperlo?" chiese. Non gli piaceva l'idea di essersi lasciato sfuggire così tante informazioni.

Lo sguardo di Bob incontrò il suo e Luke vi lesse un sapere molto più profondo di quello che un uomo sulla quarantina dovrebbe possedere. Si domandò quale fosse la sua vera età, ma chiederlo sarebbe stato più che scortese. "È il mio mestiere," fu l'unica spiegazione di Bob.

Krista rimase indifferente a quella dichiarazione. "E per Cassie?"

Bob lasciò quella domanda in sospeso fra loro per uno sgradevole momento. Alla fine parlò. "Se sarà necessario, c'è qualcuno a cui posso chiedere un favore." Dopo una pausa, proseguì. "Speriamo che non si debba arrivare a tanto."

"È solo una ragazzina," disse Luke. E in più era sua sorella. Non c'era niente che non avrebbe fatto, nessun favore che non avrebbe chiesto, per salvarla.

Bob scoppiò in una breve risata amara. "Per me siete tutti ragazzini."

Luke fece un passo avanti. Non si sarebbe fatto sfidare sul suo territorio, non in modo così plateale.

Krista avvertì il pericolo e riprese a parlare. "Puoi aiutarmi a localizzare l'origine della maledizione?"

Bob ruppe il contatto visivo con Luke per sorridere alla strega. "Certo." I due si allontanarono senza salutare né Mel, né Luke.

"Ci vediamo al tramonto," disse Mel. Se ne andò prima che lui potesse dire qualcosa per fermarla. Non che sapesse quali parole avrebbe potuto usare per impedirle di andare via. Lei era complicata, e Luke aveva ancora molto da imparare prima che lei accettasse di restare al suo fianco.

7

CAPITOLO SETTE

Per la prima volta dopo anni, Mel cominciò a pensare a cosa avrebbe fatto una volta che Ava fosse morta. La sua intera vita aveva ruotato intorno all'evitare o distruggere quella donna. O almeno la parte della sua vita che riusciva a ricordare. I suoi ricordi di quando ancora non conosceva Ava erano brevi flash e sogni, più che pensieri significativi.

Immaginava che il furto sarebbe rimasto il suo lavoro. Era brava – molto brava – e il senso di appagamento che provava quando superava le misure di sicurezza accuratamente predisposte da qualcuno e si accaparrava il suo bottino era meglio di qualsiasi altra cosa avesse mai provato.

Ma quando fosse tutto finito, non avrebbe più avuto bisogno di tenere d'occhio Ava. Non avrebbe più dovuto guardarsi le spalle quando visitava la costa orientale. Non sarebbe più stata quella strana ragazza selvaggia cresciuta fra le streghe.

Sarebbe stata libera.

Se fosse sopravvissuta.

Camminare lungo il limitare della foresta non lontano da casa per Mel fu diverso dalla corsa di poche ore prima. Ora poteva tenere un passo tranquillo e raccogliere i pensieri, sebbene non apprezzasse la compagnia. Le ci vollero alcuni istanti per rendersi conto che c'era qualcuno vicino a lei, e un altro minuto per capire che quel qualcuno la stava seguendo. Ed era ovvio che quel ragazzo non fosse Luke.

Né Krista né Bob erano in vena di seguirla. Non li biasimava. Anche lei non vedeva l'ora che tutta quella storia finisse e supponeva che a quel punto ognuno sarebbe andato per la propria strada. Dopo tutto, erano ancora arrabbiati per il tradimento di Mel e in fin dei conti lei se lo meritava.

Le sarebbero mancati.

In quel momento non aveva tempo per piangersi addosso. Afferrò uno dei rami più bassi di un albero e lo usò per arrampicarvisi, scomparendo di fatto da terra. Il ragazzo venne di corsa a cercarla; una scelta idiota. Doveva davvero parlare con Luke di come addestrava i giovani del suo branco. Se non avesse cominciato a instillare loro un po' di buon senso, l'avrebbero fatto finire sottoterra.

Quando il ragazzo biondo fu esattamente sotto di lei, Mel gli si tuffò addosso, placcandolo con un movimento repentino e stringendogli la gola con le mani. Sapevano entrambi che lei avrebbe potuto trasformarsi in qualsiasi momento e farlo fuori definitivamente.

Mel lo riconobbe. Era lo stesso ragazzo che Cassie aveva messo al tappeto la notte della sua fuga. La notte in cui si era incasinato tutto.

Mick.

"Ti ha mandato Luke?" chiese. "Non ho bisogno di protezione."

Mick si mise a farfugliare, con le guance di un rosa a chiazze e gli occhi umidi di qualcosa che stava strenuamente cercando di non trasformare in lacrime. "No!" esclamò.

"Allora perché mi stavi seguendo?" Fra tutte le cose che Mel odiava al mondo, essere spiata era quasi al primo posto.

"Non stavo seguendo nessuno." Provò a scuotere la testa, ma lei gli stava stringendo il collo troppo saldamente perché lui potesse riuscire in qualcosa di più di un debole sussulto.

Mel gli credette, sul fatto che non fosse stato Luke a mandarlo sulle sue tracce. Aveva capito che non era così nel momento stesso in cui gli aveva fatto quella domanda. Ma non credette neanche per un secondo che quel ragazzo non stesse spiando *qualcosa*.

Incrociò le braccia e sollevò un sopracciglio. Sapeva che gli uomini meno coraggiosi cedevano in meno di cinque secondi quando li sottoponeva a quello sguardo. Dovette ammettere che Mick ne aveva impiegati sette per crollare, ripiegandosi su se stesso e abbassando lo sguardo. "Ho visto arrivare tutta la cerchia ristretta. Volevo solo sapere cosa stavano facendo."

Non spettava a Mel dare spiegazioni al ragazzo. Anche in caso contrario, non l'avrebbe fatto. Non avevano bisogno di un adolescente curioso con la propensione a mettersi nei guai, a scombinare i loro piani.

Beh, non avevano bisogno di *un altro* adolescente del genere.

"Sono certa che Luke parlerà con te se hai delle domande." Sembrava un buon suggerimento, Luke era incredibilmente ragionevole, anche se lei dubitava che avrebbe raccontato a quel ragazzo tutto quello che stava per succedere. Ma visto il modo in cui il suo viso era impallidito a quelle parole, Mel si rese conto che c'erano cose, nella politica del branco, che avrebbe potuto non capire mai.

"Ti prego, non dirgli che ero qui!" la implorò

Mick.

Mel non aveva motivo di mostrarsi indulgente. Sapeva che era stato Mick a sorvegliarla la notte in cui era fuggita. Era lui la guardia che Cassie aveva drogato prima di andare da Mel a supplicare di aiutarla ad avviare la sua capacità di mutare. Mick doveva essersi sentito molto a disagio per il suo fallimento nel sorvegliare Mel e nel proteggere Cassie. Forse quella era una buona ragione per evitare l'alfa, in quel momento.

"Se non vuoi che lui sappia che sei qui, allora non essere qui." Agitò la mano, scacciandolo.

Mick non si trattenne oltre. Tornò indietro di corsa nel bosco, sparendo alla vista molto prima che si spegnesse il rumore dei suoi passi.

Mel si appoggiò a un albero per qualche minuto prima di decidere di tornare a casa. Il ragazzo le aveva guastato l'umore.

TROVÒ UN LIBRO PER DISTRARSI, una volta rientrata. Krista e Bob erano ancora rintanati con Cassie e lei non vedeva né Luke né Maya da ore. La casa era stranamente silenziosa. Sicuramente c'era in giro una mezza dozzina di persone, o anche di più, ma nella sua stanza lei era isolata come una monaca. Si lasciò catturare dalla trama mentre sedeva a gambe incrociate sul letto.

Quando Luke aprì la porta e la sua testa fece capolino nella stanza, lei quasi urlò. L'istinto le fece infilare il libro sotto le coperte in modo che lui non potesse scorgere il titolo. Ava non le aveva mai permesso di leggere, e Tina pensava che fosse più importante finire i compiti per la scuola che divertirsi con romanzi trash.

"Hmm," fu tutto quel riuscì a dire Luke mentre lei annaspava. Non fece alcuna mossa per sottrarle il libro. In piedi sulla porta, avvolto in un alone di luce, avrebbe potuto essere un angelo. Un angelo oscuro e sexy. O forse un demonio che sapeva il fatto suo.

"Che c'è?" chiese Mel, sapendo che non c'era modo di apparire attraente dopo quella reazione. Cercò di fingere che lui non l'avesse spaventata, assumendo una posa falsamente rilassata.

Luke sembrò faticare a trovare le parole, ma non la lasciò sulle spine troppo a lungo. "Credo di non aver mai immaginato che leggessi."

Era un po' ingiuriosa, quell'affermazione. Mel aveva viaggiato per il mondo, parlava due lingue e avrebbe potuto far credere di cavarsela con altre tre. "Pensavi che passassi il tempo a forzare lucchetti per divertimento o qualcosa del genere?" disse scherzando.

"Beh, detta così, la cosa suona offensiva." Non ebbe la cortesia di mostrarsi dispiaciuto.

Mel si lasciò sfuggire una risatina. "Sono come i Cubi di Rubik," disse.

"Cosa?" Luke non la seguiva.

"Semplici serrature," spiegò lei. "Sono come i Cubi di Rubik. Una volta che conosci il trucco, nessuna di loro è difficile da forzare." Teneva le mani di fronte a sé e le ruotava, mimando la risoluzione del rompicapo. "Può essere rassicurante, ma non molto intrigante."

Ma Luke stava ancora pensando ai cubi. "C'è un trucco per i Cubi di Rubik? Quando avevo quattordici anni ho passato un'intera estate cercando di risolverne uno."

Lei non gli chiese se ci fosse riuscito; la frustrazione che traspariva dalle sue parole era già una risposta. "Sì, c'è un trucco."

"Mi piacerebbe molto che tu me lo insegnassi," disse, e questa volta lei pensò che fosse sincero, "ma ora dobbiamo andare. Fuori è buio."

Mel si alzò dal letto e lasciò il libro sotto le coperte. Krista non avrebbe curiosato se non l'avesse visto. "Sono pronta."

Lui aspettò un attimo che lei si infilasse le scarpe e subito dopo uscirono. Mel si aspettava che sarebbero andati direttamente nel bosco, ma Luke la condusse al garage. Passò davanti a tutte le auto e scelse un quad a due posti. Ce n'erano due diversi, in uno i passeggeri sedevano fianco a fianco, nel secondo uno dietro l'altro.

Luke scelse quest'ultimo. Mel avrebbe dovuto aggrapparsi a lui durante il viaggio.

"Non sarebbe più veloce correre?" Non aveva nulla da obiettare sull'intimità di quella sistemazione, ma avevano un lavoro da fare.

"Sì, se non avessimo bisogno di parlare mentre lavoriamo."

Mel non era abituata a fare perlustrazioni con un partner. Il lavoro che svolgeva con Krista e Bob era organizzato a compartimenti stagni. Quando Mel si trasformava per ispezionare qualcosa, non aveva necessità di condividere sul momento le sue osservazioni.

Salì sul quad dietro a Luke con un sorriso. Era più che disposta ad adattarsi.

"E sono sicura che hai scelto questo perché è più maneggevole, vero?" chiese, provocandolo.

"Naturalmente," rispose lui, sarcastico.

Aprì il garage e uscirono più velocemente di quanto Mel si aspettasse. Si piegò in avanti, aggrappandosi e stringendosi a lui e aderendo interamente alla sua schiena.

Sì, decisamente apprezzava la sua scelta.

Sentiva ogni centimetro di lui premuto contro di lei, dall'ombelico alle clavicole. Ogni sobbalzo sulla strada era una dolce tortura. Mel ricordava la sensazione delle labbra di lui sulle sue, del corpo di lui contro al proprio in quella danza erotica a cui si erano abbandonati. Non vedeva l'ora di farlo suo.

"Non è così che immaginavo le mie cosce intorno a te," disse contro il suo orecchio, accarezzandolo con le labbra.

"Gesù, hai deciso di flirtare proprio ora." Il suono della sua voce le fece immaginare che stesse stringendo il manubrio con tutte le sue forze.

Mel aumentò la presa su di lui, sentendo i suoi addominali contrarsi sotto le mani. "Abbiamo altro da fare?" Gli stuzzicò il lobo dell'orecchio con la lingua.

"Farò schiantare questo fottuto aggeggio se continui così." C'era un tono di sfida nelle sue parole e Mel pensò che probabilmente lui non voleva che lei si fermasse, e lei si stava divertendo troppo per lasciarsi dissuadere dal rischio di un incidente.

Mentre con una mano si teneva al petto di Luke, lasciò vagare l'altra e cominciò a seguire con le dita le sporgenze degli addominali di lui attraverso la camicia.

Luke coprì la mano di Mel con la sua, tenendola ferma prima che lei potesse distrarlo ulteriormente.

"A meno che non troviamo il Pozzo entro un'ora, che ne dici di tornare in camera mia e dimenticare tutti i nostri problemi per una notte?"

Mel aveva ormai perso le speranze che lui glielo chiedesse. "Sarebbe di gran lunga meglio della nuda terra nella foresta."

Lui non fu soddisfatto di quella risposta. "È un sì?"

Lei gli diede un altro bacio sul collo, anche se leggero e rapido. "Tu cosa pensi?" La proposta di Luke la rendeva più che mai motivata a portare a termine quel lavoro una volta per tutte. Duravano da troppo tempo tutte quelle schermaglie, era ora di concludere. Forse ciò l'avrebbe aiutata a sfogarsi e a levarsi dalla testa lui e tutti quei pensieri sulla coppia fissa e il futuro e tutte quelle stronzate.

Anche se aveva preso in seria considerazione quell'idea, sapeva che in realtà era un follia. Luke non era il tipo di uomo che una ragazza può dimenticare. E non c'era modo di allontanarlo dalla sua mente. Una volta che fossero stati insieme – insieme veramente – niente l'avrebbe trattenuta dall'arrivare fino in fondo. Al diavolo la storia del compagno.

Non era mai stata innamorata prima.

Si trattava di questo, allora? Non era solo sesso. Il desiderio lo capiva. Ma ora sentiva il bisogno di parlare con lui, di condividere i suoi pensieri e di conoscerlo a fondo. Sentiva un dolore sordo quando era lontana da lui. E la cosa che più la sconvolgeva era il fatto di sentire nel profondo che insieme al suo alfa avrebbe potuto sconfiggere Ava e qualsiasi nemico avesse incrociato sulla strada.

L'amore poteva renderla così forte?

Accantonò le sue paure quando si fermarono, parcheggiando il quad accanto a un albero particolarmente alto. Mel scese dal mezzo attardandosi un istante in più per godersi la sensazione delle sue mani sul petto di Luke, prima che si separassero. A quel punto si misero al lavoro.

Mel guardò attentamente il bosco intorno a loro. Sembrava che non ci fosse niente di strano o fuori posto. Si sentivano degli animali in lontananza, anche se il rumore del quad aveva spaventato la maggior parte di quelli che vivevano vicino al sentiero.

"Probabilmente la cosa migliore è prendere in considerazione solo uno spicchio di una grande area circolare e vedere se sembra che ci sia qualcosa di sospetto," disse. Non voleva setacciare ogni centimetro di foresta se non era necessario.

"Sospetto come?"

Mel scrollò le spalle. "Sangue che piove dal cielo? Schifezze magiche assurde. Le conosci già." Krista ne aveva fornito un elenco dettagliato, e Mel era sicura che lui ne ricordasse la maggior parte.

Si incamminarono fra due alberi. Non c'era propriamente un sentiero ma si arrangiarono, camminando fianco a fianco quando era possibile e in fila indiana dove la foresta era più fitta. Luke tenne sollevato un tronco mezzo caduto per farla passare sotto, e intanto cominciò a parlare.

Tenne la voce bassa, udibile a malapena sopra i suoni della foresta intorno a loro. "Sai cosa vorrei poter fare?"

"Che cosa?" Lei avrebbe capito se lui avesse desiderato che la magia arrostisse viva Ava per ciò che stava facendo a Cassie. Mel aveva desiderato la stessa cosa parecchie volte, in vita sua.

"Vorrei chiamare i miei genitori e chiedere consiglio a loro." Lo disse come se fosse un segreto di cui vergognarsi. Come se il pensiero di chiedere aiuto fosse inconcepibile.

"Allora perché non lo fai?" Mel non avrebbe potuto. Per quanto sembrasse senza cuore, c'erano molti momenti in cui non sentiva la mancanza dei suoi genitori o della sua famiglia. Quando lavorava, quando si godeva un pasto particolarmente buono, quando combatteva o faceva sesso. E anche quando le mancavano, non pensava mai alle occasioni in cui avrebbe potuto contare su di loro se fossero stati ancora vivi.

Luke si lasciò sfuggire un suono sordo che avrebbe potuto essere una risata. "Con Cassie in quello stato?" Scosse la testa. La foresta si infittiva davanti a loro, così lasciò che Mel lo precedesse. "Posso anche essere l'alfa, ma dubito che ciò potrebbe impedire a mia madre di scatenarsi in tutto lo Stato e dare fuoco a qualsiasi cosa fino a riavere i suoi preziosi bambini sani e salvi."

Un po' di legittima rabbia poteva essere utile. "Ci sono cose peggiori che potrebbe fare," disse Mel ragionando ad alta voce. "Ma perché non dir loro semplicemente che hai tutto sotto controllo?" Anche se non era esattamente la verità. "Non si fidano di te?"

Era lì che Mel rimaneva senza argomenti, sulla questione dei genitori. Anche se Tina l'aveva salvata, non aveva mai cercato di fare la mamma. Non riusciva a immaginare qualcuno che si precipitasse a una sua eventuale richiesta d'aiuto, con le armi spianate, per protezione disinteressata.

Luke non sembrò capire la sua domanda. Farfugliò qualcosa, cercando di formulare una domanda che lei non riuscì a decifrare. Alla fine riuscì a raccogliere i pensieri. "Non si tratta di fiducia," spiegò. "Io e Cassie siamo i suoi figli."

Mel scrollò le spalle. "La madre di Krista lasciava che ce la sbrigassimo da sole."

"Non vi ha addestrate entrambe a fare le ladre fuorilegge?"

"Non sono tutti fuorilegge, i ladri? Aspetta..." Mel si fermò dove si trovava. Pensò di aver visto qualcosa sotto una grande roccia poco lontano dal sentiero. Scavalcò e aggirò diversi tronchi d'albero e si inginocchiò fra le sterpaglie.

"Cosa c'è?" Luke non l'aveva seguita. Si fidava della sua ispezione.

Mel si rialzò e scosse la testa. Tornò verso di lui. "Pensavo di aver visto qualcosa, invece no."

"Dannazione."

"Già."

Mel non voleva interrompere la loro conversazione. Sentiva che stava imparando molto su quell'uomo. "Quindi hai un buon rapporto con i tuoi genitori?"

"Direi di sì. Ma Scott non è un alfa e mia madre ha smesso di esserlo più di vent'anni fa. Non sempre si rendono conto del peso che ho sulle spalle."

"Sembra tutto..." Non riuscì a terminare la frase.

Si levò un grido, che attraversò la foresta e spinse sia Luke che Mel a correre nella direzione da cui proveniva.

SENZA ESITAZIONI LUKE si lanciò in direzione dell'urlo e Mel lo seguiva a poca distanza. Lui riconobbe le grida come appartenenti a uno dei membri del suo branco, anche se non era del tutto sicuro di chi fosse esattamente. La foresta si confondeva intorno a lui mentre saltava oltre gli alberi caduti e aggirava gli ostacoli sul sentiero.

Se si fosse fermato a pensare a come muoversi avrebbe sicuramente inciampato, ma questa non era la prima caccia di Luke. Dopo un minuto arrivò a una piccola radura, larga poco più di due metri.

Un vampiro stava tenendo Mick vicino a sé, con le zanne affondate nella sua gola.

Luke si lanciò sulla creatura accompagnando il salto con un ruggito. Se Mick fosse stato umano Luke non avrebbe attaccato in quel modo. Sarebbe stata una mossa troppo pericolosa per qualcuno privo della robusta costituzione di un mutaforma.

Entrambi vennero abbattuti dal peso di Luke e il vampiro lasciò andare Mick, rivolgendo l'attenzione al suo nuovo aggressore. L'alfa mostrò i denti alla pallida bestia, ringhiando.

Il vampiro avrebbe dovuto avere un aspetto umano. Non avevano una seconda forma, la loro sola caratteristica fisica soprannaturale era costituita dai lunghi canini. Ma questo vampiro era in preda ad una folle fame rabbiosa. I suoi occhi erano vitrei e iniettati di sangue, la bocca fissa in un sibilo che lasciava scoperte le zanne.

Luke si mosse spostandosi lateralmente e tenendo gli occhi della creatura fissi su di sé. Si era accorto che Mel stava cercando di allontanare Mick dalla sua portata, mettendolo al sicuro. L'alfa non voleva rischiare che uno dei due finisse preda di quella bestia.

Gli occhi del vampiro rimasero incollati su di lui, e quando scattò in avanti Luke lo schivò scansandosi, lo spinse di lato e lo guardò cadere. Il vampiro si lasciò rotolare e poi scattò in piedi con un piccolo rimbalzo. Sarebbe stato impressionante se non si fosse trattato di un combattimento.

Ma il vampiro non era ancora ben saldo sulle gambe e Luke sfruttò il vantaggio, avventandosi su di lui e prendendolo a pugni. Se fosse stato nell'altra forma la creatura sarebbe stata fatta a pezzi dai suoi artigli. Non avendo tempo per trasformarsi Luke fece invece uso della sua forza innata per infliggere più dolore possibile.

Mise a segno alcuni colpi ben assestati prima che il vampiro riuscisse a sottrarsi al suo attacco, facendogli perdere l'equilibrio e facendolo cadere di lato. In un'altra situazione avrebbe potuto approfittarne per un affondo e ucciderlo, ma questa bestia sapeva di essere in inferiorità numerica. Si girò e fuggì, dirigendosi nel profondo della foresta, allontanandosi dalla casa di Luke e dalla direzione da cui lui e Mel erano venuti.

Se Mick non fosse stato ferito, Luke sarebbe partito all'inseguimento. Ma poteva essere che il vampiro avesse degli amici che lo stavano aspettando e non aveva intenzione di cadere in un'imboscata.

Mel aveva strappato un lembo di stoffa dalla maglietta di Mick e gli stava tamponando il collo. Non era particolarmente delicata, e lui trasaliva ogni volta che veniva in contatto con le sue ferite.

"Stai bene?" chiese Luke.

Mick sobbalzò di nuovo e si allontanò da Mel, strappandole la stoffa di mano. "Sei peggio di quel dannato succhiasangue."

"Cosa ci fai qui?" chiese lei con un tono quasi accusatorio.

Anche se Luke non era contento della presenza del ragazzo, non capì quell'atteggiamento indagatore. Quella era la terra del branco e i suoi membri erano liberi di percorrerla a piacimento, con pochissime eccezioni. Mick in quel periodo era nella merda per non aver protetto Cassie a dovere, ma anche a lui erano concesse passeggiate periodiche.

Mick si difese prima che il suo alfa potesse dire qualcosa. "Ti ho già detto che non stavo spiando!"

Se anche Luke fosse stato un uomo ottuso, quelle parole avrebbero fatto suonare un campanello d'allarme. "Non avevo capito che voi due aveste parlato." Le ferite del ragazzo stavano già guarendo e l'alfa stava cominciando a perdere la pazienza. A Mick era permesso trovarsi in quella parte del territorio, ma era strano per lui essere lì proprio in quel momento.

Perché poi Mel non gli aveva detto niente a proposito di Mick che avrebbe fatto la spia?

Lei rimediò subito. "Era appostato fuori dalla casa, qualche ora fa."

"Ero lì e basta. Non c'era nessun appostamento." E stavolta dalle sue parole traspariva la tipica indignazione dell'adolescente ritenuto poco affidabile. Avrebbe ammesso qualsiasi cosa in pochi secondi purché gli avessero creduto.

"E perché eri lì?" chiese Luke. "E cosa stavi facendo qui poco fa?"

Mick scrollò le spalle, trasalendo quando la pelle ancora delicata sulla ferita guarita fu coinvolta in quel movimento. "Ero solo curioso. Si sono svolte diverse cose in gran segreto nelle ultime settimane e i ragazzi volevano sapere cosa sta succedendo. Vogliamo saperlo tutti."

A Luke quella risposta non piacque, ma Mick aveva ragione. L'alfa aveva ritenuto necessario sapere tutto quando si trattava di Mel e di ciò che stava succedendo a Cassie. Aveva condiviso tutte le informazioni con la cerchia ristretta, ma gli altri mutaforma di cui era responsabile non sapevano nulla.

E per il momento doveva mantenere il segreto.

Quando la situazione si fosse risolta avrebbe raccontato tutto, ma fino ad allora doveva tenerli al sicuro. Se la scelta era tra la sicurezza o la soddisfazione di una futile curiosità infantile, avrebbe sempre scelto la prima opzione.

"Ti sei addentrato un po' troppo nel bosco per essere animato da semplice curiosità," disse Luke. "E se tu o i tuoi amici volete sapere cosa sta succedendo, chiedete e basta. Non si spia e non ci si intrufola. Sei quasi un adulto. Comportati come tale se vuoi avere delle responsabilità in questo branco. Sei ancora molto lontano dal dimostrare quanto vali."

Mick farfugliò qualcosa, ma non riuscì a formulare un'intera frase.

"Torniamo indietro." Luke non aveva tempo per continuare la ramanzina, non in mezzo al bosco, non quando aveva appena fatto fuggire un vampiro.

"Posso andare a casa da solo," disse Mick.

Mel fece una risatina. "Certo, perché non c'è

possibilità che quel vampiro rintracci il tuo culo e ti divori vivo nell'attimo stesso in cui usciamo dalla sua visuale, vero?"

"Posso battere uno stupido vampiro!"

Luke scosse la testa. Di solito Mick si rivelava quello assennato, fra i suoi amici. Prima di quel momento non aveva mai avuto quel tipo di problema con il ragazzo. Ma ogni adolescente si comportava in modo strano, prima o poi. "Mel ha ragione," disse. "Non voglio che tu venga catturato o ucciso."

"Ti fidi di più di una stramaledetta ladra che di un membro del tuo stesso branco?" Mick si accigliò e gettò a terra il pezzo di stoffa che teneva ancora al collo. Le ferite si erano chiuse, anche se la pelle appariva sottile, fragile e di un rosso vivo.

Luke ringhiò, dal profondo della gola. "Lei ha..."

"Ragione," terminò Mel prima che Luke potesse dire qualcosa di inopportuno. "E tu stai facendo l'idiota." Si piazzò davanti a Mick ed ebbe l'audacia di scompigliargli i capelli castano chiaro. "Ora muovi il culo o ti trascino fino a casa."

Si voltò e puntò nella direzione da cui lei e Luke erano venuti, lasciando gli uomini alle sue spalle. Circa tre secondi dopo Luke e Mick si scambiarono uno sguardo confuso e la seguirono.

8

CAPITOLO OTTO

PORTARE a casa Mick si rivelò un po' problematico dal punto di vista logistico. Mel finì per guidare il quad con Luke che la precedeva, scortandola in città. A circa un isolato di distanza dalla casa di Mick, con un cenno il ragazzo chiese a Mel di fermare il veicolo. "Posso fare il resto della strada da solo."

Lei e Luke si scambiarono un'occhiata ma lo lasciarono andare. A quel punto era più o meno al sicuro. Mel scivolò indietro sul sedile del passeggero in modo che fosse Luke a guidare per tornare a casa. Lui conosceva la strada del ritorno meglio di lei.

Ma l'alfa non era ancora pronto a tornare indietro. "Hai fame?" chiese.

Ora che era entrato in argomento, Mel sentì lo stomaco brontolare. "Da morire."

"Mangiamo un boccone prima di tornare." Non

aspettò che lei accettasse. Guidò invece il quad lungo la strada fino a raggiungere l'arteria principale di Eagle Creek. Parcheggiò in uno dei posti riservati dell'Eagle Creek Bar & Grille e scese, offrendole una mano.

Mel sentì una risata di donna interrompersi bruscamente quando la porta del ristorante si chiuse, lasciando lei e Luke soli nel parcheggio. Esitò. "Non c'è problema se vuoi solo entrare a prendere qualcosa." I compagni di branco, quelli che non sapevano della sua esistenza, sarebbero stati lì e si sarebbero chiesti chi lei fosse e perché fosse con Luke. Ciò avrebbe complicato le cose.

"Perché?" La portiera di una macchina vicino a loro si aprì e gli occupanti scesero. Luke lanciò loro un'occhiata e fece un cenno di saluto; l'uomo e la donna erano altri due membri del suo branco. Si girò di nuovo verso di lei, aspettando una risposta.

"Beh, la gente ci vedrà insieme." Dirlo a voce alta lo faceva sembrare strano.

Luke sollevò un sopracciglio. "Sì, è vero."

Sembrava che non capisse il problema. "E ti faranno domande a cui dovrai rispondere, su chi sia io e cose del genere." Non l'aveva considerato, o non gli importava?

"Io sono l'alfa." Lo disse con un tono talmente autoritario che un brivido le corse lungo la schiena.

"Rispondo solo alle domande a cui voglio rispondere."

"Non vorrei renderti le cose difficili," ribadì Mel. "Beh, più difficili."

Luke scoppiò a ridere. "Non hai fatto altro che rendermi la vita difficile." Nonostante le parole, lei capì che quella non era una critica. "Perché fermarsi ora?"

Lei serrò il pugno e lo colpì leggermente sul braccio. "Idiota." Sorrise nell'apostrofarlo così e rinunciò a discutere. Se lui la voleva là dentro con sé, ci sarebbe andata.

L'Eagle Creek Bar & Grille non era cambiato molto da quando Mel, Krista e Bob si erano seduti a uno dei suoi tavoli poche settimane prima, tramando su come rubare a Luke lo Smeraldo Scarlatto. L'unica differenza quella sera era la clientela. Il locale era tutt'altro che affollato e quasi tutti gli avventori erano mutaforma. A volte gli umani riuscivano a percepire l'aura di pericolo che li circondava, anche se non sapevano del mondo soprannaturale. Avevano levato le tende per evitare di mettersi nei guai.

Luke fece un cenno alla cameriera ma non aspettò che lei gli indicasse dove sedersi. Condusse Mel a un tavolo nell'angolo in fondo, in un'area chiusa del ristorante. Nessuno cercò di impedire che si sedessero lì. Le sistemò una sedia in modo da farle rivolgere la schiena al muro e poi si sedette accanto a lei. Avrebbero dovuto parlare a bassa voce per evitare di essere ascoltati. L'udito dei mutaforma era di gran lunga superiore a quello umano.

Non ebbero nemmeno bisogno di ordinare. Tre minuti dopo che si erano seduti una cameriera mise sul loro tavolo due birre e dei cheeseburger con patatine. "Abbiamo ricevuto un'ordinazione. Va bene per voi?"

Mel si sarebbe arrabbiata se avesse dovuto aspettare più a lungo per il suo cibo solo perché l'alfa aveva deciso di fermarsi lì, ma nessun altro sembrava preoccuparsene. Luke sorrise e la ringraziò, facendole sapere che le avrebbero fatto un cenno se avessero avuto bisogno di qualcos'altro.

"È bello essere il re," lo punzecchiò Mel.

Luke diede un grosso morso al panino e deglutì prima di rispondere. "Non obbligo nessuno a fare stronzate come questa. Il vecchio alfa era un tiranno. Io faccio del mio meglio per essere giusto."

"È per questo che sei subentrato?"

"Se qualcuno lo chiede, sì." Il suo tono non invitava a fare altre domande, anche se Mel a quel punto moriva di curiosità. Forse Luke aveva una vena impulsiva che non era riuscito a reprimere.

"Ti piace essere l'alfa?" Non aveva mai parlato a lungo con uno di loro prima di incontrare Luke e ora che lo aveva tutto per sé continuavano a sorgerle sempre nuove domande.

"La maggior parte delle volte."

Ma probabilmente non mentre una strega psicopatica stava cercando di rubargli la terra e uccidere sua sorella. Mel pensò che nessuno avrebbe voluto essere un alfa in quelle circostanze.

"Mi stavo chiedendo una cosa." Luke introdusse la domanda con cautela.

C'era un centinaio di cose che avrebbe potuto chiedere. "Sì?"

"I rapporti fra te e i tuoi soci sembrano tesi."

Non era una domanda, ma Mel aveva capito ugualmente. "Già." Quello era un punto dolente, qualcosa con cui lei stessa non era ancora venuta a patti.

"È perché non volevano essere qui?"

Ovviamente lui non aveva idea dei motivi di quella situazione e per quanto volesse piacergli non aveva intenzione di lasciargli credere che il problema fosse qualcosa di semplice. "No," rispose, "gli attriti fra noi sono colpa mia."

"Ah, e come..." cominciò Luke, ma si interruppe. "Non devi dirmelo per forza."

"Credo di volerlo fare." Solo mentre la pronunciava si rese conto di quanto fosse vera quell'affermazione.

"Davvero?" Visto il suo scetticismo, Mel dubitò di apparire come il tipo di donna che condivide facilmente i suoi fallimenti. Ma quello sembrava il giorno giusto per aprirsi con lui.

"Probabilmente non ti piacerà," lo avvertì. A lei quell'esperienza non era piaciuta, avendola vissuta.

"Mettimi alla prova." Luke bevve un sorso della sua birra e assunse una posa disinvolta. Ma la tensione aleggiava nell'aria fra loro. Lui era nervoso all'idea di ascoltare la sua storia almeno quanto lo era lei alla prospettiva di raccontarla.

"È solo un doveroso avvertimento. So che noi due abbiamo..." Quali parole poteva usare Mel? Non aveva ancora capito bene che tipo di relazione avevano. "Abbiamo flirtato," disse infine. "Ma potresti tirarti indietro quando avrò finito di raccontare."

Luke le prese una mano, la sollevò e se la portò alle labbra. Per tre secondi calò sul ristorante un silenzio totale, mentre chi li stava guardando registrava quel gesto. Il bacio fu casto, non avrebbe dovuto essere degno di nota, ma di fatto era una dichiarazione pubblica di coinvolgimento romantico da parte dell'alfa. "Ne dubito," ribatté, come se fosse una promessa.

Mel ebbe bisogno di un momento per riprendere il controllo delle sue emozioni. Lui non avrebbe dovuto farla sentire così, accaldata e infreddolita, pronta a correre fuori dalla porta o a gettarsi fra le sue braccia, in preda a sentimenti che cambiavano da un secondo all'altro. Aveva paura di raccontare tutto a Luke e questa era una certezza a cui poteva aggrapparsi. Era l'unica cosa familiare in quel caos di emozioni.

Mel tuttavia sapeva come gestire la paura. La sfruttò, lasciando che le arrivasse nel profondo e la tenesse lucida. Usò la paura per prendere la forza necessaria a permetterle di raccontare a Luke la sua più grande vergogna. "È successo a Cincinnati due anni fa." Tenne la voce bassa, consapevole di trovarsi in un locale pieno di gente dall'udito straordinario. Luke era l'unico, nel suo branco, che doveva ascoltare quella storia. "Eravamo impegnati in un lavoro importante, quasi una dozzina di persone riunite per rubare un guanto medievale che valeva un sacco di soldi."

Luke si limitò ad annuire. A differenza delle altre volte in cui aveva menzionato il suo modo di guadagnarsi da vivere, non distolse lo sguardo. Stavano facendo progressi. Magari il furto fosse stato la parte peggiore di quella storia.

"Andavo molto d'accordo con un altro ladro di nome Chance. Lui è umano, ma bravo quasi quanto me. Di solito non si occupa di lavori con aspetti soprannaturali, però." Sorvolò sul fatto che era carino e divertente e che l'aveva trattata bene. Il resto del racconto era già abbastanza brutto così com'era. "Qualcosa alla fine del lavoro è andato storto. Chance e io avevamo il guanto ed eravamo nella nostra macchina, al sicuro. E ho lasciato nella merda Krista e Bob." Ricordava ancora le luci intense della città quella notte, il modo in cui brillavano di un rosso sinistro nella nebbia.

"Non sembri il tipo di persona che tradisce gli amici così facilmente." Dato che lei non lo guardava, Luke le offrì conforto stringendole la mano.

Mel si sottrasse alla sua stretta. "Non cercare di trovare il buono in me. Ho incasinato tutto." E se ancora non ci credeva, presto l'avrebbe fatto. "Ti ricordi i gemelli che ti ho dato in Messico?" chiese.

Luke annuì.

Un incantesimo li faceva interagire con un anello indossato da lei. In base a come lui li utilizzava, sull'anello si sarebbe accesa la gemma verde per comunicare che lui stava uscendo, oppure la gemma rossa in caso avesse avuto bisogno d'aiuto. "In macchina il mio anello ha cominciato a bruciare, la gemma rossa brillava. Krista aveva attivato l'incantesimo e stava chiedendo aiuto." Mel riusciva ancora a ricordare il panico che aveva provato quella notte. Era stata a malapena in grado di respirare. "Ho detto a Chance che dovevamo tornare indietro a recuperarli. Ma lui mi ha convinto che non potevamo. E io mi sono lasciata convincere. Avevamo il guanto ed eravamo lontani, al sicuro. Se fossimo tornati indietro avremmo potuto facilmente essere catturati o perdere il bottino. Cinque minuti dopo essere stato attivato, l'incantesimo ha smesso di funzionare."

"Eravate arrivati fuori portata?" Luke non aveva più una posa rilassata e i centimetri di distanza fra loro sembravano un chilometro.

Mel scosse la testa. "Gli incantesimi non hanno una portata, non sono come i cellulari. Smettono di funzionare solo se vengono disattivati o se chi li sta usando muore. Se avessi risposto al segnale o se fossimo tornati indietro forse avrei potuto evitare qualsiasi cosa fosse loro accaduta, ma io a quel punto ho pensato che fosse troppo tardi."

"Ma non sono morti."

"L'ho saputo dopo sei mesi." Non parlò di quello che era successo nelle ore successive di quella notte, non era importante. "La mattina seguente Chance era sparito, così come il guanto. Tutti quanti a parte me, Krista, Bob e Chance sono stati catturati o sono morti durante il colpo. Non so se sia stato lui a organizzare tutto o se sia stato solo fortunato. Sta di fatto che ha intascato tutti i soldi e io non l'ho più visto da allora. Penso che attualmente stia operando fuori Miami."

Afferrò la sua birra e ne bevve un lungo sorso. Anche se le sembrava di aver passato ore a raccontare quella storia, la bottiglia era ancora fredda. Quanto a Luke, non riusciva nemmeno a guardarlo. Prima di allora non aveva mai detto ad alta voce quello che aveva fatto e non sapeva come lui in quel momento avrebbe potuto considerarla, se non come una traditrice. Come una persona spregevole.

"Quindi non hai provato a capire se erano vivi, una volta finito tutto?" chiese lui. Aveva un tono di voce piatto, lei non riusciva a capire se fosse arrabbiato o disgustato.

"Non avevo intenzione di rientrare a Cincinnati. Ripresentarsi sulla scena del crimine è il modo migliore per farsi catturare." Eppure eccola lì, seduta con l'uomo che aveva derubato, nello stesso ristorante dove aveva pianificato il colpo.

"Sei tornata per aiutare Cassie," disse lui sommessamente.

"Sono tornata per recuperare la mia pietra rivelatrice." Perché non capiva quanto fosse grave ciò che aveva fatto? Perché stava cercando di giustificarla?

"Ma sei riapparsa e ci hai detto della

maledizione." Luke le prese di nuovo la mano e aspettò che lei tornasse a guardarlo. "Mel, tutti abbiamo sbagliato. Ma non credo neanche per un secondo che lo rifaresti."

Fu un momento molto intimo, come se in quel locale pieno di gente ci fossero solo loro due. Mel sentì le lacrime pungerle gli occhi ma fece del suo meglio per trattenerle.

"Grazie per il voto di fiducia." Si aggrappò al sarcasmo, era l'unica cosa che poteva impedirle di mettere a nudo le sue emozioni in modo molto imbarazzante. "Vorrei solo che anche Krista potesse vederla sotto questa luce." Bob l'aveva perdonata, nella misura in cui era stato disposto a farlo. Non sarebbero mai più stati amici, ma avrebbero continuato a lavorare insieme.

"Ti sei scusata con lei?"

"E come dovrei fare? Scusami, Krista, per aver preferito uno stronzo a te! Scusami, se ti ho lasciata lì a morire! È troppo poco e troppo tardi." In quel momento voleva avvertire Luke, dirgli che un giorno l'avrebbe tradito, che lei non conosceva un altro modo di comportarsi, ma non riusciva a trovare le parole. Era quello il suo avvertimento. Se la voleva ancora dopo aver ascoltato quella storia, era pazzo.

Eppure Luke non si allontanò e non le lasciò la mano. "Io mi fido di te, Mel." Lo disse con l'accorata sincerità di un'altra ammissione, una che lei aveva paura di sentire. "Che siamo destinati l'uno all'altra o meno, non importa come andrà a finire, io mi fido di te. E so che non ci tradirai."

Mel non sapeva se si poteva credere in lei, ma la fiducia di Luke le fece sperare che non fosse mal riposta. Lui meritava una persona molto migliore di lei e non capiva perché non riuscisse a rendersene conto.

"Al diavolo, se continui a confidare in me probabilmente ti ruberò tutto e ti lascerò in mutande." Lo intese come un avvertimento, ma non poté fare a meno di sorridere.

Sapevano entrambi che stava mentendo.

Luke le passò un braccio intorno e la tirò vicino a sé. "Qualunque cosa tu voglia..." Non finì la frase, ma lei capì.

Tutto ciò che doveva fare era allungare la mano, e lui sarebbe stato suo. Ma Mel non era ancora sicura di potersi fidare abbastanza di se stessa da concederselo.

ABBANDONARONO quella difficile conversazione e finirono di mangiare. Luke guidò il quad sulla strada del ritorno a casa con Mel aggrappata dietro di lui. Ma questa volta si mantenne un po' a distanza. Lui lo percepì dalla rigidità del suo abbraccio e dal fatto che non parlò mentre percorrevano il sentiero accidentato attraverso il bosco.

Era una cosa grossa quella che gli aveva raccontato. Gli sarebbe stata sufficiente per rompere tra loro. Luke sapeva che lei non l'avrebbe biasimato se avesse deciso di chiudere. Ma era troppo coinvolto, e lo diventava sempre di più. Non voleva allontanarsi da lei.

Mel pensava che quella storia gli avrebbe dimostrato che non era degna di fiducia, invece lui vedeva solo quanto era cresciuta.

Non aveva lasciato il suo branco nel momento del bisogno, sebbene lui le avesse dato ciò per cui era venuta. Non poteva dire di conoscerla a fondo, ma aveva capito che era cambiata. Mel non avrebbe abbandonato le persone a cui teneva una seconda volta, e in quel momento lei lo considerava una di quelle.

Tutto ciò che a quel punto Luke doveva fare era capire come farla rimanere.

Il loro piano di tornare e andare a rintanarsi nella sua stanza fu interrotto nel momento stesso in cui entrarono in garage. Luke strinse i denti e desiderò di aver portato Mel da qualche altra parte, dove avrebbero potuto dimenticare le loro responsabilità per una notte. Diavolo, anche solo per qualche ora.

Ma Maya lo stava aspettando per parlare e lui non poteva ignorarla.

Prese un attimo Mel accanto a sé prima che potesse andarsene. "Vieni da me stasera." Era per metà un ordine e per metà una domanda. Lei gli sfiorò rapidamente le labbra con un bacio prima di allontanarsi ed entrare in casa da sola. Luke lo prese come un sì.

Lui e Maya seguirono Mel in casa, anche se non cominciarono a parlare finché non furono nella Sala di Guerra. "Quindi cosa sta succedendo?" chiese Maya.

"Scusa?" Non gli piacque il tono di quella domanda. Lui sapeva quello che faceva e non aveva nemmeno tentato di tenere segreta la sua relazione con Mel.

"Credo di essermi guadagnata il diritto di fare domande." Parlavano a bassa voce. La Sala di Guerra non poteva essere completamente insonorizzata, non per l'udito dei mutaforma.

"Non su questo argomento."

"Pensi che io sia l'unica che avrà un problema quando si saprà chi è e cosa fa per vivere?" Maya si appoggiò al muro e incrociò le braccia.

"Quindi tu puoi fare gli occhi dolci alla strega

tutto il giorno, ma io non posso nutrire sentimenti per qualcuno al di fuori del branco?" Non aveva previsto di tirare in ballo Krista, ma quella era un'ipocrisia di prim'ordine da parte di Maya.

"I miei *sentimenti,*" rispose sarcastica, "non hanno niente a che fare con tutto questo. Sono le mie azioni – e le tue – le cose che contano. Ci sono sette miliardi di persone a questo mondo. Sono certa che la maggior parte di loro sarebbe meglio di una donna che ha rubato il più prezioso manufatto del branco che avevamo e l'ha fatto finire nelle mani di una strega assassina." Pronunciò quelle parole con gelida furia.

"Otto anni, Maya. Dimmi se c'è stata una sola volta in otto anni in cui io abbia messo me stesso al di sopra di questo branco." Non ne avrebbe discusso con nessun altro, ma Maya si era guadagnata il suo posto di seconda in comando e non poteva metterla a tacere così facilmente. Se non si fosse guadagnato il suo appoggio, non sapeva come avrebbe fatto ad andare avanti.

"Non dubito della tua dedizione. Ma in questo caso, dubito del tuo buon senso."

Il suo leone fremeva sottopelle, bramando di ruggire. "Se vuoi sfidarmi, sei più che benvenuta."

Lei alzò gli occhi al cielo. "Non ho intenzione di sfidarti. Non potresti mai pagarmi abbastanza per farmi essere l'alfa." Il suo telefono suonò e lei lo estrasse dalla tasca posteriore. Dopo un momento lo infilò nuovamente dov'era. "In realtà non è di questo che ti volevo parlare."

"Ah no?" Ormai era attento e pronto per qualsiasi discussione.

"Hai trovato qualcosa?" chiese lei.

Luke si prese un secondo per pensare e trasse un profondo respiro. A lei poteva dirlo. "Nessun Pozzo. Ma c'era un vampiro, probabilmente in esplorazione. Ha aggredito Mick. Io e Mel siamo arrivati prima che potesse fare danni peggiori."

Un po' di colore svanì dal viso bruno di Maya, ma la sua espressione rimase neutra. "Cosa ci faceva Mick là fuori?"

A quella domanda avrebbe preferito rispondesse lui stesso. "Che diavolo ne so. Mel dice che oggi l'ha sorpreso a curiosare in giro."

Maya tornò a incrociare le braccia. "Meraviglioso."

"Hai notato qualcosa di strano in lui?" chiese Luke. Maya sorvegliava il branco e per Luke era come avere un paio di occhi e di orecchie in più. Se lui non sapeva qualcosa, bastava chiedere a lei.

"Non più delle solite stronzate da adolescenti."

"E gli altri sono già tornati?" Non sapeva cosa stesse combinando Mick, ma non poteva occuparsene in quel momento. Si sarebbe posto il problema del ragazzo dopo aver sconfitto Ava e le streghe assassine e i vampiri suoi complici.

"Sì. Sinclair ha chiamato per dire che non hanno trovato niente."

"Niente di niente?"

Lei annuì. "Non una foglia fuori posto."

Luke e Mel non avevano avuto abbastanza tempo per setacciare la loro zona a fondo, e non sarebbe stato sorpreso di sapere che era stato così anche per Jonas e Sinclair. "Cercheremo ancora domani," decise.

"Glielo farò sapere."

Maya girò sui tacchi e attraversò la stanza, soffermandosi solo per aprire la porta.

"E Cassie?" chiese Luke. "Hai controllato come sta?"

Lei si girò a guardarlo da sopra la spalla. "Stava bene l'ultima volta che ho controllato. Nessun cambiamento in peggio." Se ne andò, chiudendo la porta dietro di sé.

Luke la seguì poco dopo, fermandosi un momento per fare capolino nella stanza di Cassie. Né Krista né Bob erano con lei. C'era invece un altro leone, Kyle, seduto accanto al suo letto a leggere un libro mentre lei dormiva. Fece per alzarsi quando sentì Luke, ma l'alfa lo fermò con un cenno della mano. Era tardi e non c'era bisogno di svegliare sua sorella ora che stava riposando.

Tornò nella sua stanza e l'agitazione della giornata lo raggiunse. Quando aprì la porta si sentì come se un peso di una tonnellata gli stesse schiacciando le spalle. Trovò un po' di sollievo nel vedere Mel addormentata nel suo letto, con i capelli sparsi sul cuscino. Nel buio sembrava più una sagoma che una persona, ma si sentì così bene che dovette farsi forza per avanzare invece di restare semplicemente sulla porta a guardarla.

Sarebbe stato inquietante.

Luke attraversò la stanza nell'oscurità, con passi attenti e silenziosi. Non voleva svegliarla. Si sfilò la camicia e i jeans, rimanendo nudo a eccezione degli slip. Sollevò delicatamente il piumone e si mise a letto accanto a lei.

Mel si girò verso di lui, accoccolandosi nel suo calore. Luke le passò un braccio intorno e chiuse gli occhi. Non ricordava di essersi mai addormentato più velocemente o più comodamente.

9

CAPITOLO NOVE

IL BRACCIO intorno a lei la stringeva quasi dolorosamente. L'odore di Luke la avvolgeva interamente e quando si svegliò Mel ricordò di essersi addormentata nel suo letto. Non c'era luce che filtrava dalle tende e sull'orologio sul comodino lesse che non erano ancora le sei del mattino.

Dai suoi calcoli risultavano quasi sei ore di sonno ininterrotto. Non c'era da stupirsi che si sentisse riposata. Sarebbe valsa la pena di tenere l'alfa nei paraggi anche solo per tenere a bada gli incubi.

Non voleva svegliarlo; il viso di Luke aveva perso un po' della tensione che lo incupiva da giorni e sembrava più giovane di cinque anni. Ci vollero alcune attente manovre, ma alla fine Mel riuscì a sottrarsi alla sua stretta e a scivolare fuori dal letto. Indossò un paio di pantaloncini e una maglietta. Al termine della sera precedente non sarebbe stata né dell'umore né pronta per l'intimità fisica, e non avrebbe potuto essere più sollevata dal fatto che Luke avesse rispettato quell'esigenza inespressa.

Al risveglio si era sentita confinata, lì al chiuso. Aveva bisogno di pensare, di vedere l'orizzonte. Per sua fortuna la camera di Luke aveva un terrazzo. Uscì in silenzio e rimase per un po' in piedi vicino al parapetto. Ma non era ancora sufficiente.

Si girò e lanciò un'occhiata al tetto. Non era troppo alto e la pendenza era scalabile. Si chinò per prendere slancio e saltò, aggrappandosi alla grondaia e oscillando per darsi la spinta fino a raggiungere le tegole nere.

Si arrampicò fino al colmo della copertura e vi si mise a cavalcioni, con un piede a penzoloni su ciascuna falda. Sebbene il cielo fosse ancora scuro, l'aria era limpida e c'era visibilità per diversi chilometri. Le luci di Eagle Creek erano fioche, ma quando oltre la città il sole cominciò a sorgere Mel vide anche il profilo delle montagne in lontananza.

Era bellissimo.

Tuttavia quello spettacolo non riusciva a calmare il tumulto dei suoi pensieri. Non aveva mai avuto intenzione di raccontare a Luke di Chance o di quello che era successo a Cincinnati. Se ne vergognava e per questo avrebbe preferito mantenere il segreto. Luke sapeva che lei era una ladra e questo non la infastidiva. Era semplicemente la verità. Ma fargli sapere del suo tradimento? Non le andava a genio e non importava che in fin dei conti fosse andata proprio così.

A essere onesta, anche se l'onestà era una cosa che generalmente evitava, Mel sapeva perché l'aveva detto a Luke – perché aveva dovuto dirgli tutto.

Non c'era modo di stare insieme se lui non l'avesse saputo, e lei cominciava a pensare che stare insieme a Luke fosse più importante di qualsiasi altra cosa. Immaginava la sua vita dopo Ava, e in quei pensieri Luke aveva un posto. Lui era accanto a lei, viveva con lei e l'amava.

Era anche dentro, dietro, sopra e sotto di lei, ma la loro relazione era oltre il semplice desiderio. Anche se non vedeva l'ora di sperimentarne la parte più fisica.

Mel udì un'altra persona sul tetto e si immobilizzò. Si abbassò, rotolando giù dal colmo lungo una falda e appiattendosi il più possibile. Poi colse l'odore di Krista e si rilassò. Risalì fino al colmo e aspettò che la strega la raggiungesse.

"Ho sentito qualcosa interferire con la mia barriera," disse Krista a mo' di saluto.

"Io non ho sentito niente." La sensibilità di Mel

alla magia era alta per una mutaforma e lei era abituata a percepire gli incantesimi dell'amica.

"È questo lo scopo di una barriera difensiva." Krista si accovacciò sul bordo della metà orientale del tetto, aggrappandosi al colmo con una mano. Doveva aver predisposto delle barriere intorno alla casa per avvertirli dell'arrivo di eventuali ospiti sgraditi.

"È un po' presto perché tu sia già sveglia." La strega normalmente non si alzava prima dell'alba a meno che la casa non stesse andando a fuoco.

"Potrei dire lo stesso di te."

"Avevo bisogno di pensare," rispose Mel, sebbene i suoi pensieri fossero confusi esattamente come prima. Neanche la quiete del mattino era d'aiuto.

"Non sei tornata in camera ieri sera." Non era un'accusa, ma Mel non sapeva bene come rispondere.

"Ha importanza per te?" chiese, con un tono più tagliente del previsto.

"Non proprio." Ma Krista non se ne andò. Era come se non riuscisse a decidere tra rimanere o andare via, così restò lì appollaiata, non propriamente seduta sul tetto.

"Stavo ripensando a Cincinnati," ammise Mel.

"Non voglio sentirne parlare," disse Krista agitando la mano libera davanti a sé.

Ora che aveva introdotto il discorso, Mel voleva

togliersi quel peso dal petto. "Solo un'ultima volta, poi non ne parlerò mai più." E diceva sul serio.

La strega sbuffò. "Come ti pare." Ma invece di lasciarla da sola sul tetto si sedette sul colmo, rivolta a est a guardare verso l'orizzonte che si stava rapidamente illuminando.

Mel non aveva programmato di parlare di nuovo a Krista di quella faccenda. L'ultima volta era stata un tale disastro che non ci aveva più voluto pensare. Finché non aveva raccontato a Luke tutta la storia una parte di lei aveva creduto che l'amica alla fine ci avrebbe messo una pietra sopra. Ma parlare di ciò che aveva fatto ad alta voce, ricordando i particolari di quella notte, l'aveva messa di fronte alla realtà dei fatti e le aveva fatto capire quanto si fosse sbagliata.

"Mi dispiace di non esserci stata quando avevi bisogno di me," cominciò, e a quel punto le parole sgorgarono spontaneamente. "E mi dispiace di essermene andata, dopo. Ho fatto uno sbaglio. Un completo, totale errore, e avrei dovuto prendere a pugni Chance e venire a cercarti da sola. Al di là di quello, avrei dovuto..."

"Non mi interessa cosa avresti dovuto fare," la interruppe Krista. "Mi interessa quello che hai fatto."

Mel fu presa alla sprovvista, ma annuì. "Hai ragione. E se sopravviviamo a questa merda, spero che un giorno tu possa perdonarmi." Dubitava che sarebbe mai successo. Non sapeva se lei stessa sarebbe riuscita a perdonare Krista se le parti fossero state invertite.

"E se non potessi?"

Mel scrollò le spalle. "Immagino che sarebbe finita, in tal caso."

Krista fece un profondo respiro. "In realtà non sono incazzata perché non sei tornata, quella sera."

"Cosa?" Mel l'aveva lasciata a morire e Krista non ce l'aveva con lei? Non aveva senso.

"Ho disattivato l'incantesimo. Bob aveva trovato una via d'uscita e sapevo che non avresti fatto in tempo." Non aveva guardato Mel mentre parlava, ma a quel punto si voltò verso di lei. "Quando non ti sei presentata al ritrovo della settimana dopo, ho pensato che ti fosse successo qualcosa."

All'epoca Mel si era convinta che Krista e Bob fossero morti e non se la sentiva di andare al ritrovo e averne la conferma. Aveva invece accettato un lavoro in Polonia ed era rimasta fuori dal Paese per mesi.

"Pensavo fossi morta!" Gli occhi della strega ardevano di un fuoco interiore. "E quando ho scoperto che non lo eri, volevo ucciderti io stessa."

"Io..." Mel si interruppe prima di porgerle le sue scuse un'altra volta. Sapeva che Krista non voleva sentirle.

"Hai fatto qualcosa che mi sarei aspettata da mia

madre." La strega le rivolse quell'accusa senza cattiveria, ma Mel ne fu ferita ugualmente.

"Cosa posso dire? Mi ha insegnato lei tutto quello che so." Tutto quello che non era stata Ava ad insegnarle.

"Se fai di nuovo una bravata del genere, per me sei morta."

Non la stava propriamente perdonando, ma fu un passo più grande di quanto Mel si aspettasse. Non rispose a Krista, lei non aspettava una risposta. Rimasero solo sedute a lungo sul tetto in silenzio, guardando l'alba. Quando tutto intorno a loro fu illuminato, la strega scese con cautela lungo la falda. Mel la seguì poco dopo.

Era ora di affrontare l'alfa.

Luke cercò di superare la delusione per non aver trovato Mel accanto sé quando si era svegliato. Il suo odore era ancora tutt'intorno a lui, una carezza calda che gli arrivava fino al cuore, e le lenzuola erano ancora tiepide. Non si era alzata da molto.

Non la sentì in bagno, quindi pensò che doveva essere scesa a fare colazione. O forse era impegnata in qualche tipo di rituale da ladra a cui non poteva dedicarsi davanti a lui.

Dato che Mel non era lì con lui, Luke non vedeva il motivo di rimanere a letto. Allontanò le coperte e attraversò la stanza verso il bagno, dove cominciò a far scorrere l'acqua per una doccia. Si tolse gli slip e si mise sotto il getto bollente. Gli sfuggì un'esclamazione mentre si adattava al cambiamento di temperatura. Fu quasi doloroso per qualche istante, finché non fu completamente bagnato e poté sentire i suoi muscoli rilassarsi.

Sopra il rumore dell'acqua che cadeva sulle piastrelle grigie, sentì che la porta si apriva ed entrava qualcuno. Si voltò. Il box doccia non era chiuso da una tenda ma da una porta in vetro, attraverso la quale vide Mel entrare in bagno. Lei gli diede una rapida occhiata, il suo sguardo guizzò un momento verso il basso prima di tornare al suo viso.

Luke sorrise e si scostò un po' dal getto in modo che l'acqua non gli finisse negli occhi. "Buongiorno."

Mel restituì il sorriso. "Buongiorno a te."

Lei rimase ferma dov'era e Luke cominciò a sentirsi un po' esposto. "Continua a fissarmi e dovrò farti pagare il biglietto."

"Ma come? Non ti piace farti guardare dalle ragazze quando sei tutto bagnato e bello come adesso?

"Solo da te." Non c'era nessun'altra, lui non voleva altri che Mel. "Vuoi unirti a me?"

Lei infilò i pollici sotto la cintura dei pantaloncini e se li tirò giù, insieme alla biancheria intima. Poi fu la volta della maglietta e Mel rimase in piedi nuda davanti a lui, con la pelle dorata nella luce del bagno. Si avvicinò alla doccia facendo ondeggiare i fianchi.

Era un spettacolo in suo onore, e Luke era già in erezione.

Lei aprì la porta ed entrò con cautela, trasalendo leggermente quando sentì l'acqua sulla pelle. "Fai sempre docce abbastanza calde da procurarti ustioni di terzo grado?" Gli si avvicinò, mettendogli una mano sul petto.

Non gli bastò. Luke aveva pensato a lei, a quello che avrebbe fatto quando lei fosse stata sua, fin dal primo momento in cui si erano incontrati. Un solo centimetro di distanza fra loro sarebbe stato troppo. Si chinò su di lei, tracciando un percorso di baci giù lungo il collo e la clavicola. "Trovo che sia piacevole."

"Mmm..." Mel si lasciò sfuggire un piccolo gemito e serrò i pugni. "Potresti avere ragione."

Il suono che lei emise gli trafisse direttamente il cuore con una scarica di piacere. Le affondò le dita tra i capelli e le fece alzare il viso verso di lui, prendendole le labbra con un bacio bruciante. L'acqua che scorreva su di loro poteva anche non esistere. Luke era troppo preso da lei per notarla o per preoccuparsene.

Il suo sesso era un mostro insistente, che sporgeva davanti a lui e premeva contro di lei.

Le dita di Mel indugiarono sul suo petto, per poi scendere sugli addominali seguendone il profilo. Tutto quello che Luke poteva fare era baciarla più intensamente, reclamandone il possesso con la lingua. Non riusciva a esprimersi a parole, non ancora. Ma mise tutto se stesso in quel bacio.

E Mel rispose. Era affamata quanto lui e divorata dalla stessa bramosia.

Quando le sue dita si spinsero ancora oltre e sfiorarono la testa della sua erezione, Luke gemette. Lei prese in mano il suo sesso, accarezzandolo e stringendolo.

Era troppo per lui; si ritrasse e interruppe il bacio. "Continua così e ti darò tutto quello che vuoi," sussurrò, quasi senza fiato.

Mel sorrise, con occhi brillanti come stelle. "Scriverò una lista."

Le mani di Luke scesero dai capelli di lei fino a stringerle i seni. Anche sotto il getto d'acqua bollente i suoi capezzoli erano rigidi. Le labbra di lui seguirono le sue mani, scendendo a baciarle il collo e poi ancora fino a chiudersi intorno a uno di essi.

Le mani di lei erano sui suoi fianchi e lo stringevano forte.

In quel momento Luke si sentì più vicino a lei di

quanto si fosse mai sentito insieme a qualunque altra persona. Non c'era più un mondo esterno, né passato, né futuro, c'erano solo loro due, intrappolati insieme a godere di quella vicinanza. Lui non voleva nient'altro, nessun'altra. Se avesse potuto scegliere un momento in particolare e congelarlo nel tempo per sempre, sarebbe stato quello, con Mel che si contorceva di piacere mentre lui la assaporava.

Non si accontentò a lungo di stuzzicarle il seno. Le sue dita scesero più in basso, arrivando al sesso di lei e trovandola bagnata. Per lui.

"Prendimi, Luke," implorò Mel.

Lui non se lo fece dire due volte. "Avvolgi le gambe intorno a me," le ordinò. Lei lo fece e si tenne stretta quando lui la appoggiò contro il muro.

Luke si spinse verso il suo ingresso e scivolò dentro, guardandola mordersi il labbro mentre la riempiva. Tenne gli occhi fissi su di lei per tutto il tempo, facendo attenzione a cogliere ogni accenno di disagio, qualunque segnale che gli indicasse che lei non era con lui. Ma il viso di Mel era inondato di piacere e Luke si sentiva al settimo cielo.

Mel si sporse a baciarlo. Era tutto perfetto. Lui si muoveva dentro di lei, insieme a lei, anche il loro respiro era in sincronia. Non ci sarebbe stata nessun'altra per lui. Prima di conoscere Mel questa certezza avrebbe potuto spaventarlo, ma la sensazione di lei contro di sé era tutto ciò che ora desiderava.

Era il suo compagno, il suo amante e un uomo follemente innamorato di lei. Non avrebbe voluto dirlo, non voleva spaventarla con la forza delle sue emozioni, ma mentre si muoveva dentro di lei le parole gli sfuggirono. "Ti amo," le disse in un soffio contro le sue labbra.

Mel non si ritrasse. Forse non l'aveva sentito, o forse provava lo stesso sentimento ma non riusciva ancora a dirlo. Lei ansimò, fremendo intorno a lui mentre veniva.

Luke sentiva di essere vicino all'orgasmo. Si spinse dentro di lei, avanti e indietro, con il cuore che gli martellava nel petto finché all'ultimo momento si tirò fuori del tutto, spargendo il suo seme fuori da lei.

Mel gli appoggiò la testa sulla spalla. "Ricordiamoci un preservativo la prossima volta." Si rimise in piedi su gambe malferme ma non lo lasciò andare.

Luke sorrise. "Questo sì che è un bel modo di svegliarsi."

"Non ti ci abituare," lo avvertì Mel. "Non sono una persona mattiniera."

Il sorriso di lui si allargò ancor di più. Non era una dichiarazione d'amore, ma qualcosa era.

"Dobbiamo ancora provare il letto." Ma quella mattina non c'era più tempo.

Si lavarono insieme sotto la doccia, Luke aiutando Mel a lavarsi i capelli e Mel insaponando lui. Uscirono solo quando l'acqua cominciò a raffreddarsi. In breve Mel fu fuori a perlustrare ancora una volta il bosco e Luke fu diretto in città per prepararsi alla battaglia imminente.

Se fosse stato un altro uomo sarebbe rimasto volentieri a letto tutto il giorno a fare l'amore con Mel. Ma lui era un alfa, ed entrambi avevano compiti da affrontare.

10

CAPITOLO DIECI

QUELL'ESPLORAZIONE DEL BOSCO non fu neanche lontanamente piacevole come la precedente. E Mel stava includendo nella sua valutazione anche l'attacco del vampiro. Maya aveva avuto la geniale idea di camminare nella foresta per quasi sette chilometri invece di prendere uno dei quad.

Quel silenzio di tomba fu quasi una benedizione.

Dopo il loro incontro nella doccia Mel era tornata in camera sua per cambiarsi. Quando era scesa per fare colazione Maya la stava aspettando, con un'espressione di frustrazione sul volto.

Mel non sapeva che la stava aspettando, ma questo non aveva impedito a Maya di prendersela con lei. Ma Mel non aveva vissuto per compiacere nessuno se non se stessa per molto tempo e non aveva intenzione di farsi mettere i piedi in testa. Quindi mangiò il suo bagel con calma e poi insistette per cambiarsi le scarpe.

Ciò ritardò la partenza di almeno dieci minuti e riempì Mel di infantile soddisfazione.

Maya cercò una rivincita sulla meschinità di Mel portandola nella parte più fitta della boscaglia e camminando davanti a lei a distanza sufficiente per farle arrivare in faccia decine di rami mentre si facevano strada nella densa vegetazione.

Dopo trenta minuti quasi di corsa nella foresta, Mel ne ebbe abbastanza. "Che problema hai?" Sapeva di sembrare frustrata.

Maya si fermò; era solo grazie ai suoi capelli rosso brillante che Mel riusciva a non perderla di vista. "Non so di cosa tu stia parlando."

Mel spinse da parte un ramo particolarmente spesso per raggiungere la leonessa. "Pensavo che ora dovessimo essere alleati o qualcosa del genere." Non era sicura di quale rapporto avessero, o di quale avrebbero avuto una volta che fosse tutto finito.

"Gli alleati non ci derubano."

Mel alzò le mani. "Non era niente di personale."

Maya mosse un passo minaccioso verso di lei. "Pensi che questo sistemi le cose? Se non fosse per te non saremmo sull'orlo di una guerra." Puntò un dito verso il petto di Mel ma lo tenne a distanza di qualche centimetro da lei, senza toccarla.

"No," disse Mel avanzando di un passo e urtando volutamente col petto il dito puntato di Maya. "Se non fosse per me, sareste già morti. È solo grazie a me che avete saputo quali minacce stavano arrivando."

"Così ti sei erta a eroina della situazione, che meraviglia." Premette con forza il dito sul petto di Mel prima di toglierlo, ma non arretrò di un passo. Se Maya fosse stata Luke, sarebbero stati abbastanza vicini da potersi baciare. In quella situazione invece fra loro aleggiava solo ostilità.

"Cos'è, sei gelosa?" chiese Mel. "Ho preso io il posto a cui ambivi?" Non avrebbe voluto arrivare a quel punto, ma c'era qualcosa in Maya che le stava dando sui nervi.

Tuttavia la leonessa la sorprese gettando la testa all'indietro in una sonora risata. "Oh mia sciocca, sciocca ragazza. Non ho mai avuto bisogno di usare il sesso per farmi strada..."

Mel non le lasciò finire la frase. Le sferrò un pugno prima ancora di aver deciso di combattere e colse Maya di sorpresa, colpendola su un lato della testa e costringendola a piegarsi lateralmente e a fare un passo indietro. La leonessa sputò un misto di sangue e saliva e si raddrizzò, pulendosi la bocca con un pollice. "Ecco, ci siamo."

Si avventò su Mel così velocemente da sbatterla a terra prima che realizzasse di essere sotto attacco, ma non durò a lungo. Mel normalmente non era una combattente, ma sapeva tenere testa a chiunque quando si trattava di vita o di morte. E sebbene lei e Maya stessero combattendo per lo stesso branco contro Ava e la sua congrega, non c'erano fraintendimenti sul fatto che non sarebbero state affatto amiche una volta che tutto fosse finito.

Quella era una lotta di puro istinto e rabbia repressa. Emozioni che si riversarono dentro Mel e che lei lasciò fluire, prendendo a pugni Maya e rotolando nella polvere senza sentire il dolore dei colpi messi a segno su di lei.

Si rotolarono a terra, nessuna delle due in grado di avere la meglio sull'altra. Quando Mel atterrò sulla schiena raccolse a sé le gambe per prendere forza e poi le stese con un calcio, scaraventando Maya diversi metri più indietro, dove sbatté contro il tronco di una quercia vicina.

Poi lanciò un urlo e la caricò, ma Maya fu pronta, si scansò e le fece lo sgambetto atterrando a cavalcioni su di lei, a livello della vita. I capelli rossi della leonessa erano un groviglio intorno al suo viso, facendola sembrare più un demone che una donna.

Mel si allungò ad affondarci dentro le mani, tirandoli più forte che poteva e facendola strillare.

Non stavano usando gli artigli. Per quanto fossero arrabbiate entrambe e desiderose di risolvere la questione, nessuna delle due era disposta a portare lo scontro a quel livello. Una volta che avessero estratto gli artigli solo una delle due sarebbe tornata a casa sulle sue gambe.

Inoltre ci sarebbe voluto troppo tempo per una muta completa, e quella che avesse iniziato per prima sarebbe stata nel frattempo vulnerabile agli attacchi.

Mel lottò per divincolarsi da Maya e le diede un altro calcio. La leonessa doveva aver inciampato su un ramo perché cadde all'indietro e finì giù per una scarpata dietro gli alberi.

La battaglia era terminata.

Nessuna delle due ne era uscita vittoriosa.

Mel rimase dov'era, in attesa che Maya risalisse la scarpata. Passati diversi minuti, cominciò a preoccuparsi. La sentiva ancora muoversi quindi non era morta, ma poteva essere rimasta bloccata. Ovviamente Mel sapeva che Maya avrebbe preferito morire piuttosto che chiederle aiuto. Avrebbe voluto lasciarla sulle spine ancora un po', ma avevano del lavoro da fare e ogni minuto perso era un altro minuto in cui Ava poteva portar loro dei guai.

Quindi si avvicinò al bordo della scarpata e guardò giù. Non si stupì del fatto che Maya non fosse risalita. Era finita in un cerchio delle streghe abbandonato – un punto in cui una strega o un gruppo di streghe aveva usato la magia. Dall'aspetto della vegetazione bruciata doveva essere stato fatto di recente.

Mel si sedette sul bordo della scarpata e si calò giù, scivolando per metà sul terreno. Si avvicinò a Maya, cominciando a sentire su di sé tutti i lividi e i tagli che le erano appena stati inflitti.

"Questa è roba da streghe," dichiarò Maya.

Mel annuì. "Probabilmente in cerca del Pozzo."

"Siamo troppo vicini a casa. Una delle nostre pattuglie avrebbe dovuto accorgersi di loro." Non era arroganza. Meno di sette chilometri di distanza dalla casa, nel cuore del territorio del branco, era assolutamente troppo vicino perché le streghe agissero senza essere individuate.

"Ci sono incantesimi che mascherano l'odore," disse Mel. "Non durano a lungo, però."

"Meraviglioso." Maya girò intorno al cerchio rimanendo al di fuori dell'anello principale. Era largo circa tre metri e quasi privo di vegetazione. Sembrava quasi come se qualcuno avesse appiccato il fuoco a tutta l'area spegnendolo poi bruscamente con le piante semicarbonizzate disposte in un cerchio perfetto. “Quindi è questo il Pozzo? L’hanno trovato?”

Mel scosse la testa. Si accovacciò e passò le dita sulla terra asciutta e nera. Aveva piovuto qualche giorno prima ma lì la terra era completamente arida. Un’altra conseguenza di qualsiasi incantesimo avessero usato.

Rivolse nuovamente lo sguardo a Maya e il suo cuore sobbalzò, mettendosi a battere rapidamente. “Maya, ferma lì!” Un rampicante si era fatto strada serpeggiando giù da un albero e aveva afferrato il piede di Maya. La leonessa non se n’era nemmeno accorta.

Mel riconobbe il giallo-verde nauseante di quel rampicante e riusciva quasi ad avvertire il sentore di quella sudicia magia nell’aria. E fortunatamente per entrambe, Maya rimase immobile.

“Guarda giù,” le ordinò Mel, mantenendo un tono di voce piatto, “ma non muoverti di un millimetro.”

Maya guardò e poi rivolse di nuovo lo sguardo a Mel. “È un rampicante.” Non sembrava impressionata, ma non si mosse.

“È magico,” spiegò la ladra. “E appena cercherai di togliertelo di dosso si avvinghierà a te e ti solleverà in aria tenendoti prigioniera.” Mel ricordava lo strattone che le aveva dato uno di quei rampicanti quando l'aveva afferrata, da bambina. Era rimasta appesa per più di un giorno prima che Krista riuscisse a sgattaiolare fuori di casa e a liberarla.

"A me sembra sempre solo un normale rampicante," disse Maya cercando di convincere Mel, o forse se stessa.

"Sono cresciuta fra le streghe, va bene?" Mel voleva chiudere la discussione. "Quindi per favore fidati di me, so quello che dico."

Maya annuì. "Cosa devo fare?"

Senza una strega che potesse deviare l'incantesimo, l'unico modo di sfuggire ad esso era agire rapidamente prima che la magia facesse pieno effetto. "Hai un coltello?" Mel non aveva portato con sé un'arma. Di solito i suoi artigli erano più che sufficienti.

Maya si accovacciò e la terra franò leggermente sotto il suo piede sinistro, facendolo scivolare più in basso di qualche centimetro. Ma era il piede destro ad essere coperto dal rampicante e lei riuscì a mantenerlo fermo e stabile. Si arrotolò la gamba dei jeans scoprendo un fodero da cui estrasse un coltello. Era lungo dieci centimetri, con il manico nero e una piccola elsa.

Avrebbe potuto uccidere Mel in qualunque momento durante la lotta.

Mel non perse tempo a rimuginarci sopra, le

avrebbe solo fatte uccidere. Si avvicinò al bordo del cerchio e prese il coltello da Maya. "Ora taglio il rampicante e tu dovrai alzarti e risalire la scarpata entro tre secondi." Disse quelle parole con un tono molto fermo perché non sapeva proprio se avrebbe funzionato.

"E tu?" chiese la leonessa.

"Sono agile, me la caverò."

Maya sollevò le sopracciglia, scettica, ma non replicò.

"Conto fino a tre, al tre parti. Capito?" Maya rispose con un cenno di assenso e Mel prese un profondo respiro. "Uno. Due." Si piegò sulle gambe rapidamente, tagliando lo spesso rampicante nel punto dove si aggrappava all'albero. "Tre!"

Maya partì in corsa, saltò oltre il bordo della scarpata e raggiunse il sentiero. Mel non si fermò a guardare, si voltò e prese la direzione opposta.

Udì una gigantesca esplosione e dopo un attimo qualcosa di simile a un urto la respinse. Si voltò di scatto, ma il cerchio sembrava proprio come prima.

Quell'esplosione non era dovuta alla magia.

Maya corse da lei. "Gesù! Cosa diavolo hai fatto?"

Mel si stava alzando scuotendo la testa. Le restituì il coltello alla cieca. "Non sono stata io. Veniva dalla città."

Attraverso i fitti alberi non si riusciva a vedere

niente, ma nell'aria c'era già puzza di bruciato e c'era un silenzio inquietante, gli animali tacevano.

Senza altre parole le due donne partirono di corsa in direzione dell'esplosione.

L'esplosione fece cadere Luke all'indietro e fece volare dei ramoscelli. Uno gli arrivò in faccia, aprendo su una guancia un taglio che cominciò a sanguinare. Ma lo sentì appena. La potenza del botto gli stava facendo fischiare le orecchie e gli aveva procurato un mal di testa così intenso che ne risentiva anche la vista.

Tuttavia si alzò. Stava camminando da solo ai margini del bosco e ci sarebbero state altre persone, sia membri del branco che cittadini umani di Eagle Creek, bisognose del suo aiuto.

Mentre si dirigeva verso sud la sua mente correva. L'esplosione era arrivata da quella direzione, dove si trovava il ponte principale che portava fuori città. Era la via più veloce per raggiungere l'autostrada, attraversando una profonda gola in cui scorreva il fiume. Anche senza controllare, sapeva che era stato il ponte ad esplodere.

Dovevano essere state le streghe. L'unica altra possibilità che aveva preso in considerazione era che fosse saltata in aria un'autocisterna, ma sarebbe stata una coincidenza troppo grande. Per qualche motivo stavano cercando di intrappolare lui e la sua gente all'interno dei confini di Eagle Creek.

Sinclair trovò Luke pochi minuti dopo. Loro due erano usciti nel bosco per individuare un percorso di evacuazione secondario. Brynne e Jonas erano in città ad occuparsi dei preparativi per una riunione d'emergenza. Gli abitanti della città non sapevano cosa fosse il branco ma avevano capito che era opportuno seguire i suoi ordini in situazioni di pericolo.

L'uomo più vecchio era coperto di terra e polvere e aveva del fango appiccicato alla barba, ma sembrava illeso. "Il ponte," disse come prima cosa.

Luke annuì. "Sembra che la battaglia si stia avvicinando." Si spazzò via con la mano un po' di polvere dalla camicia. "Ho bisogno che tu vada a controllare," disse a Sinclair. "Scopri se il ponte è percorribile, cosa ha causato l'esplosione e se c'è una dozzina di streghe che invoca la distruzione del Colorado. Non farti vedere."

Sinclair annuì e se ne andò senza dire altro. Luke si diresse nuovamente in città.

Quella non poteva essere la dichiarazione di guerra delle streghe. Se erano alleate coi vampiri avrebbero aspettato la notte per attaccare. Sarebbe stato sciocco farlo in un momento in cui le loro forze non erano a pieno regime. Contrariamente a quanto sostenevano le leggende i vampiri potevano agire durante il giorno, ma il sole indeboliva i loro poteri. Normalmente avevano velocità e forza analoghe a quelle dei mutaforma, con limitate abilità psichiche, ma alla luce del sole non erano più forti degli umani e le loro capacità mentali si affievolivano fino ad annullarsi.

Quando Luke si era addentrato nella foresta c'era il sole, ma una sorta di oscurità incombeva sulla città quando poi era uscito dalla cortina di alberi. Sentiva nubi pesanti opprimere il cielo, pronte a vomitare un diluvio d'acqua.

Non era un'oscurità naturale. E con il cielo così coperto sarebbe stato abbastanza buio perché i vampiri potessero attaccare nel pieno delle loro forze.

Luke accelerò, entrando di corsa in città.

Regnava il caos. Una macchina era in fiamme in mezzo alla strada. Una mezza dozzina di persone se ne stava allontanando in fretta. C'erano decine di umani in preda al panico, che correvano verso le loro case o le loro auto, ma nessuna minaccia visibile.

Il loro terrore era contagioso e Luke si ritrovò a guardarsi alle spalle senza riuscire a scrollarsi di dosso la sensazione di essere osservato e seguito. Nessuno dei suoi sensi stava rilevando qualcosa.

Non c'era un pericolo visibilmente incombente, ma il sudore gli imperlava la fronte e il battito cardiaco accelerava.

Uno schianto dietro di lui lo spaventò a morte, ma quando si girò con un sobbalzo per vedere cosa fosse, sembrò solo che si fosse rovesciato un bidone della spazzatura.

Cosa gli stava succedendo? Luke non aveva mai reagito così, mai. Il suo ruolo di capobranco dipendeva dal suo essere equilibrato, pronto ad usare la violenza solo quando necessario. Un alfa nervoso non sopravviveva a lungo.

Era una considerazione su cui riflettere ma che lo aiutò a riprendere il controllo. Qualcosa non andava e non era naturale, in quello che stava provando. Ora che lo sapeva, poteva cercare di controllarlo.

Arrivò al ristorante di Eagle Creek e sebbene avesse ancora il batticuore e continuasse a sudare, stava bene. Non benissimo, era ancora molto teso, ma abbastanza in forze da riconoscere le sue emozioni e tenerle a bada.

Brynne e Jonas lo stavano aspettando insieme ad alcuni altri membri del branco.

"Siamo sotto attacco?" chiese Luke con tono piatto. Nessuno fece commenti sul suo aspetto. A vederli sembrava che anche loro non se la passassero molto meglio. Jonas aveva spianato gli artigli quando Luke aveva aperto la porta all'improvviso e l'altro uomo non li aveva ancora retratti.

Brynne appariva più controllata, anche se metà dei suoi capelli erano sfuggiti alla coda di cavallo e sebbene spostasse il peso da un piede all'altro, incapace di restare ferma. "Sono stati avvistati tre vampiri. Non c'è nessuna vittima. Ho mandato tutti gli adulti del branco in giro per la città a radunare le persone e accompagnarle alle loro case."

Luke fece un cenno di assenso. "Sinclair è andato a indagare sull'esplosione. Dov'è Maya?" E chissà dov'è Mel, aggiunse fra sé e sé, ma sapeva di non dover chiedere di lei, non in un momento critico come quello.

"È uscita con Mel e non ha ancora fatto rapporto," rispose Jonas. "Dovevano essere tornate da un po'."

Ma Luke non dovette preoccuparsene a lungo. Circa trenta secondi dopo che Jonas ebbe finito di parlare la porta del ristorante si aprì di nuovo e Mel e Maya entrarono trafelate. I leoni nel locale si innervosirono tutti, ma Mel non prestò loro attenzione e si lanciò dall'altra parte della stanza piombando addosso a Luke con la forza del suo abbraccio.

Lui la strinse tra le braccia per qualche attimo, respirando il suo odore e rilassandosi un po'. Per un momento il panico che lo stava divorando si placò e l'unica cosa a cui riuscì a pensare fu Mel.

"Siamo tornate non appena abbiamo sentito l'esplosione," disse lei, calmandosi.

Luke allentò la presa ma non la lasciò andare. Non riusciva proprio a costringersi a farlo. "Buona idea." Rivolse lo sguardo a Maya e le fece un cenno di saluto. Lei aveva le labbra serrate e non approvava la sua stretta possessiva su Mel, ma a lui non importava. Non in quel momento.

Notò un brutto livido viola comparire sulla guancia di Maya e con una rapida occhiata alle mani di Mel si rese conto che erano ferite. Avevano chiaramente combattuto, ma non disse nulla. Avevano corso fino a lì insieme, quindi qualunque fosse il problema, per il momento l'avevano accantonato.

"Ci hanno condotto tutti qui, quindi perché non attaccano?" chiese Brynne.

Luke non lo sapeva. "Forse aspettano che faccia buio." Il cielo plumbeo avrebbe dato loro un po' di energia, ma non sarebbero stati nel pieno delle loro forze fino a dopo il tramonto.

"Oppure stanno semplicemente aspettando che l'incantesimo che hanno lanciato sulla città faccia perdere la testa a tutti quanti." Mel parlò dando per scontato che le sue parole avessero un senso, ma tutti si voltarono verso di lei con sguardi interrogativi.

"Quale incantesimo?" chiese Luke. Ne aveva abbastanza di quelle stronzate magiche.

"Non ti senti nervoso?" Mel sollevò un sopracciglio. "Io sto quasi per scoppiare. La dannata magia si sta espandendo sulla città."

Quella spiegazione era più logica di una crisi di panico arrivata spontaneamente. "Ci serve Krista," disse Luke. Pensava che potesse essere d'aiuto anche l'altro socio di Mel, Bob, ma quell'uomo non aveva rivelato la portata dei suoi poteri o che tipo di creatura fosse. Forse era anche lui uno stregone, ma ne dubitava.

"Vado a prenderla," si offrì Mel.

"No, non lo farai," ribatté Maya.

Mel si allontanò dall'alfa e si avvicinò alla leonessa invadendo il suo spazio. "Ti crea qualche problema?"

"Non ci si può fidare di te."

Mel mostrò i denti per un attimo e serrò i pugni ai fianchi. Sussultò impercettibilmente, sembrando pronta a buttarsi di nuovo nella mischia, e Luke si mise in mezzo. Era stato troppo ottimista riguardo al loro combattimento.

Non fece in tempo a parlare che la porta del ristorante si aprì ancora una volta ed entrò Krista.

Sollevò una mano. "Prima che ti arrabbi, alfa, ti dico che non avevo scelta."

Cassie entrò dietro di lei e Bob le camminava accanto, tenendole una mano ferma sul gomito.

Luke avrebbe dovuto arrabbiarsi, ma non ne aveva voglia e l'unica cosa che provava per sua sorella era il sollievo per il fatto che stesse bene.

"So dove stanno andando," disse Cassie. "Hanno trovato il Pozzo."

La bestia all'interno di Luke ruggì.

11

CAPITOLO UNDICI

Nel ristorante regnava il caos. Mel non aveva idea di come Cassie potesse sapere dov'era il Pozzo. Era rimasta confinata a letto per giorni e Krista le aveva messo un blocco magico. Avrebbe dovuto essere al sicuro da qualsiasi ulteriore influenza magica della congrega di Ava.

Cassie sembrava sul punto di collassare. Luke si affrettò ad accompagnarla a una sedia e si mise accanto a lei, scostandole delicatamente dal viso una ciocca di capelli ribelle. Lasciò Mel un po' in disparte ma a lei non dispiacque. Vederlo prendersi cura della sorella in quel modo le riscaldava qualcosa nel profondo. Le faceva desiderare con tutta se stessa di essere amata anche lei così.

Cassie si prese un momento prima di parlare,

aveva bisogno di riprendere fiato. "Ho avuto degli incubi," confidò. "Ho visto le streghe."

Luke si girò di scatto verso Krista. "Pensavo avessi detto di aver interrotto la connessione tra loro."

Krista incrociò le braccia, irritata. "E io pensavo di averlo fatto."

"All'inizio non avevo capito che le stavo effettivamente vedendo," continuò Cassie, riportando l'attenzione su di sé. "Pensavo fossero ricordi di quando mi tenevano prigioniera o qualcosa del genere. Ma quando ho visto la donna bionda che indossava quell'orrenda collana rossa ho capito che erano cose che si stavano verificando proprio in quel momento."

Nessuno obiettò sul fatto che lo Smeraldo Scarlatto fosse effettivamente orrendo, e Mel dovette trattenere un sorriso. Era un oggetto fottutamente pacchiano.

"Dove sono le streghe?" chiese Luke.

"Non ne sono certa." L'amarezza era palpabile nelle parole di Cassie. "Sto avendo delle visioni come quelle di un sensitivo," sbottò, "non è un cavolo di GPS."

"Va tutto bene, Cassie," la rassicurò Maya.

"Sono vicino a una casa bruciata. Credo si trovi nella foresta a sud del fiume. Ho sentito passare un camion prima di svegliarmi, quindi non possono essere troppo lontane dalla strada."

"A sud del fiume?" chiese Maya.

Cassie confermò.

"Non è nel nostro territorio," disse Brynne.

Certo che non lo era. Mel avrebbe sbattuto la testa contro il muro. Erano stati così concentrati sulle incursioni nel territorio di Luke che non era venuto in mente a nessuno che le streghe potessero operare al di fuori di esso. Gli indizi che avevano raccolto dovevano portarli a concludere che fosse stato invaso. Ava li aveva ingannati. "Quindi di chi è il territorio?" chiese Mel.

Luke scosse la testa. "Di nessuno. I nostri confini arrivano al fiume. Della zona che c'è oltre, nessuno rivendica la proprietà; è troppo vicina a noi."

A Mel l'intrico delle leggi territoriali risultava incomprensibile. Preferiva di gran lunga vivere dove preferiva, senza pensare alla politica. "Allora diamoci da fare e andiamo a colpire Ava e i suoi tirapiedi dove farà loro più male."

"Ci serve un piano," obiettò Maya.

"Ha ragione," disse Krista. "A meno che tu non voglia essere maledetta e cadere nell'oblio."

Mel aveva un piano. Uccidere il maggior numero possibile di quegli stronzi. Quanto poteva essere difficile?

"Quindi cosa suggerisci?" chiese Luke. "Visto che presumo tu sia quella meglio attrezzata per combattere le streghe."

Krista prese posto al bancone. "La mia idea è dannatamente vicina al suicidio."

Mel riprese carica a quelle parole. Se c'era pericolo andava benissimo. Non avrebbero mai battuto Ava giocando sul sicuro. Ma lanciò un'occhiata a Luke e vide sul suo viso una maschera di preoccupazione. Forse un suicidio non era ciò che desiderava, in fondo. Non se significava che quella mattina sotto la doccia sarebbe stata l'ultima passata insieme.

Mel si avvicinò a Luke e gli prese la mano. Non voleva essere sola. Luke le diede una stretta mentre ascoltavano Krista esporre il suo piano.

"Il margine d'errore è zero," avvertì la strega. "Ma è la nostra migliore possibilità di colpire Ava quando cercherà di attingere potere dal Pozzo."

"Vuoi lasciare che prenda energia da una fottuta bomba atomica magica?" la schernì Brynne. "Come facciamo a sapere che non stai lavorando di nuovo con lei?"

Luke sollevò la mano libera per mettere a tacere la leonessa. Nessuno degnò la sua accusa di una risposta.

Krista proseguì. "Ci saranno almeno tredici

streghe e saranno tutte concentrate su Ava. Francamente dubito che ne abbia portate molte di più. I vampiri sono la sua potenza di fuoco, la sua carne da cannone. Continueranno a colpire la città cercando di trattenerci qui."

"È il suo modus operandi," aggiunse Mel. "Perché sacrificare la sua gente quando può mandare altri allo sbaraglio?"

"Non può prosciugare il Pozzo di tutto il suo potere finché Luke non le darà la proprietà effettiva dello Smeraldo Scarlatto. Ma ne prenderà una quantità più che sufficiente per distruggere la contea prima ancora che ci accorgiamo di essere morti. Il rituale per estrarre il potere richiede sette minuti dall'inizio alla fine. Dobbiamo fare irruzione e neutralizzare o uccidere il maggior numero di membri della congrega prima che il processo sia compiuto."

"Quanti?" chiese Maya. "E come?" La preoccupazione nei suoi occhi nasceva da molto più che la sola battaglia. Stava guardando Krista nel modo in cui Luke guardava Mel. Sembrava che sia lei che Krista avessero un motivo in più per cui vivere dopo che tutto fosse finito.

"Ci vogliono almeno sette streghe per sopravvivere all'estrazione della magia da un Pozzo," disse Bob. Neanche Mel ne era a conoscenza.

"Sai quando hanno intenzione di procedere?" chiese Luke. La tensione nel locale si tagliava col coltello. Tutti quei leoni odiavano essere costretti a reagire e Mel era d'accordo. Voleva picchiare qualcuno, artigliare qualcosa, semplicemente combattere e vincere. Rimanere inerti mentre il loro nemico acquisiva più potere era l'ultima cosa che desiderava.

"Entreranno in azione al crepuscolo." Krista non ne sembrava certa, ma voleva comunque azzardare un'ipotesi plausibile.

"Cosa te lo fa pensare?" chiese gentilmente Maya. Guardò furtivamente i presenti, come se si aspettasse che qualcuno dubitasse di Krista.

"Sono i fondamenti della magia. I quattro momenti migliori per lanciare qualsiasi incantesimo importante sono mezzanotte, mezzogiorno, l'alba e il tramonto. Mezzogiorno è passato e non ci lascerebbero mai tempo fino a mezzanotte per riorganizzarci." Krista diede un'occhiata all'orologio. "Abbiamo tre ore e mezza prima che faccia buio. Se fossi nei panni di Ava, agirei il prima possibile."

"Va bene," disse Luke infondendo al suo tono tutta la sua autorità. "Jonas, voglio tutti i combattenti che abbiamo. Dividili in due gruppi. Un quarto a guardia della città, tre quarti in battaglia. Brynne, prendi tutti gli altri e disponili nel centro abitato.

Saranno la seconda linea se i nostri combattenti dovessero fallire. Devono portare via gli umani se la città cade. Ci riuniamo fra un'ora."

Brynne e Jonas si mossero per portare a termine i compiti assegnati. L'altra mezza dozzina di leoni sparsi per il locale andò con loro, lasciando soli Luke, Maya, Mel, Bob, Krista e Cassie.

Krista e Bob si sedettero entrambi accanto a Cassie. Bob guardò Mel, Luke e Maya, in attesa. Anche i tre mutaforma si sedettero.

"Come diavolo fa Cassie a essere fuori dal letto?" chiese Mel. "E come è guarita Krista?"

"L'hai guarita?" chiese Luke nello stesso momento.

Cassie abbassò gli occhi sul tavolo e curvò le spalle. Sia Krista che Bob scossero la testa.

"È una soluzione momentanea," rispose Bob. "Ho legato a Cassie la mia forza vitale."

"E cosa vorrebbe dire?" chiese Maya.

"Che siamo disperati."

Krista fece un cenno di conferma. "L'aiuto di Bob mi ha permesso di dedicare parte della mia magia a un incantesimo di guarigione per me stessa."

"Ho chiesto io di farlo," disse Cassie, improvvisamente. "Ero d'accordo."

"Perché?" Anche senza conoscere tutti i dettagli, Mel era sicura che fosse una cattiva idea. Se ci fosse stata qualche speranza di liberarla dalla maledizione, ci avrebbero provato da giorni. Quella non era una soluzione, era un cerotto su un osso rotto.

"Perché la strega che ha lanciato la maledizione è sicuramente con Ava." Krista lo disse come se fosse importante.

"Quindi io posso ucciderla e la facciamo finita?" Quella di Luke non era proprio una domanda, era più un'affermazione.

Krista e Bob si scambiarono un'occhiata e Mel sentì un brivido gelido scenderle lungo la schiena. Provò ad ignorarlo, aveva fiducia che si fossero comportati correttamente con Cassie. "Non esattamente," disse Bob.

Krista continuò al posto suo. "Pensiamo che Cassie possa rompere la maledizione se uccide chi l'ha lanciata. Quella strega indossa di sicuro un amuleto fatto con qualcosa di tua sorella, probabilmente i suoi capelli. Se fa come le abbiamo indicato, se porta a termine il compito nel modo giusto, dovrebbe uscirne libera."

Cassie era pallida e Krista aveva usato un tono di voce che Mel aveva già udito molte volte, quando da bambine parlavano con Tina. Stava nascondendo qualcosa di grosso. In ogni caso tenne la bocca chiusa. Se stavano mantenendo il segreto su qualcosa doveva esserci certamente un'ottima ragione.

"Assolutam..." iniziò Luke alzando un pugno, ma Mel lo interruppe avvicinandosi e posandoci sopra la mano.

"Non possiamo combattere Ava e allo stesso tempo uccidere questa strega." Guardò Krista e la fissò negli occhi abbastanza a lungo da far capire all'amica che sospettava di essere tenuta all'oscuro di qualcosa. Passato quell'attimo, continuò a parlare. "C'è un altro modo?"

"No," disse Krista. "Questo è tutto."

Luke cedette. "Cosa vuoi che faccia?"

"Una volta trovata la strega, non farle avvicinare nessuno tranne Cassie," disse Bob. "Pensiamo che sia una donna, e dubitiamo che sia una delle tredici di Ava. L'amuleto che la lega a Cassie è molto probabilmente una ciocca di capelli intrecciata intorno a un polso. Se riusciamo a isolarla e a lasciare che Cassie faccia ciò che deve, potrebbe funzionare."

Luke si rivolse a Maya. "Aiutali," disse. "Procura loro tutto ciò di cui hanno bisogno." E questo fu tutto.

Rimasero seduti in silenzio per un momento e quando Luke si alzò Mel lo seguì, lasciando indietro gli altri quattro. Non si allontanarono molto, si spostarono solo nel piccolo cortile dietro il ristorante. Luke la prese vicino a sé, lasciando che lei gli appoggiasse la testa sulla spalla e respirasse il suo odore rassicurante.

Mel avrebbe voluto restare lì per sempre, avvolta dal suo calore, facendosi abbracciare da lui. Se mai avesse dovuto descrivere l'emozione di sentirsi a casa, avrebbe detto che la provava lì, fra le sue braccia. Non aveva capito per molto tempo che era lui ciò che desiderava, non sapeva che fossero quelle le sensazioni che stava cercando. Ma ora che aveva tutto ciò, avrebbe smosso cielo e terra per tenerselo stretto.

Era amore? Non lo sapeva. Ma era un sentimento forte, e reale, e il più dannatamente importante che avesse mai provato.

Dopo un minuto di silenzio si separarono. Era ora di scendere sul campo di battaglia.

NONOSTANTE LA GRAVITÀ DELLA SITUAZIONE, Luke era tranquillo. Dipendeva tutto dalle poche ore seguenti – la vita di sua sorella, il suo futuro con Mel e il destino del suo branco – ma sentiva solo quel senso di calma immobile.

Quasi tutti quelli che potevano combattere erano riuniti nel ristorante di Eagle Creek. Maya aveva comunicato ai non combattenti il loro compito. I leoni che sarebbero rimasti indietro erano già fuori a pattugliare le strade e a eliminare i pochi vampiri che osavano attaccare.

C'era un silenzio di tomba. Nessuno parlava, nessuno si agitava sulla sedia. Tutti aspettavano semplicemente che Luke parlasse.

"Nelle ultime settimane sono successe cose folli e la situazione è precipitata," cominciò. Alcuni dei suoi leoni si sporsero in avanti, ascoltando attentamente. "E ciò che succederà stasera ne è il risultato. C'è una congrega di streghe là fuori, che pensa di avere il diritto di entrare in questo territorio e di portarcelo via. Lasceremo che ciò accada?"

"No!" risposero i leoni all'unisono.

"Voi siete i guerrieri di questo branco," continuò Luke alzando la voce, mentre il cuore accelerava i battiti e l'adrenalina entrava in circolo. "Sarete voi a proteggere i più deboli e i piccoli. E proteggerete tutti gli abitanti di questa città che nemmeno sanno di averne bisogno. Se qualcuno di voi ha dei dubbi in questo momento, li accantoni. Noi siamo potenti e siamo nel giusto. Non possiamo perdere."

I membri del branco esultarono e si alzarono in piedi, pronti per la battaglia che li aspettava.

"Sappiamo dove sono, e secondo la nostra strega stanno utilizzando gran parte del loro potere, tanto da non averne molto a disposizione da utilizzare per difendersi da noi. Le loro sentinelle non avranno barriere protettive, e noi non avremo pietà."

Le sue parole richiesero un po' di tempo per essere recepite; quei leoni non avevano ancora mai combattuto contro delle streghe. Ma Luke non vide paura nei loro occhi. Vide eccitazione.

"SAPETE COSA DOVETE FARE!" L'alfa terminò il discorso con un ultimo grido. "QUINDI AVANTI, IN BATTAGLIA!"

Insieme a Krista e Bob i mutaforma si riversarono fuori dal ristorante, dividendosi in una mezza dozzina di direzioni. Con l'aiuto di Cassie sapevano dove si trovavano le streghe. E arrivare a loro da tutte le direzioni sarebbe stato l'unico modo efficace per distrarle.

Quaranta mutaforma erano sulle tracce della congrega. Luke conosceva il nome, la famiglia e la storia di ognuno. La perdita di chiunque di loro, quella sera, gli avrebbe trafitto il cuore.

Ma non poteva pensarci in quel momento.

Si unì al gruppo di Maya, Krista e Bob. Mel era andata via con Brynne. Loro due non avevano portato nessun altro con loro, il loro primo obiettivo era trovare Sinclair e confermare che il ponte era percorribile. Era la via più veloce per raggiungere sia le streghe che l'autostrada. Se il ponte fosse stato fuori uso avrebbero potuto comunque affrontare la congrega ma avrebbero dovuto far circolare l'informazione in città per assicurarsi che fosse possibile uscire dal centro abitato attraverso strade secondarie. Jonas e Killian avrebbero guidato le loro squadre al seguito di Mel e Brynne.

Luke non sarebbe andato al ponte. Lui e il suo gruppo si diressero verso il bosco a valle. Avanzavano lentamente. Krista e Bob non erano mutaforma, non potevano muoversi velocemente come i leoni. Cassie, nonostante il legame con Bob, era ancora lenta. Quindi procedevano con un passo ancora meno spedito di quello umano.

Arrivarono al fiume mentre l'oscurità cominciava a scendere sotto gli alberi. Il crepuscolo si avvicinava.

"Dobbiamo..." Maya si interruppe, Luke le aveva lanciato uno sguardo eloquente. Sapeva anche lui che dovevano procedere più in fretta, ma non era possibile.

L'alfa guardò il cielo. Era ancora coperto, ma non scuro in modo minaccioso. Il tramonto allungava le ombre nella foresta molto prima che il sole toccasse l'orizzonte. Luke verificò anche che in cielo non comparissero segnali luminosi.

Non ne vide nessuno.

Bene.

Sarebbe stato il segnale di Mel per comunicare che il ponte era impraticabile o disseminato di trappole esplosive. Lei e Brynne ormai dovevano averlo raggiunto. Quindi, qualunque cosa cosa avessero fatto le streghe per provocare quell'esplosione, non aveva distrutto la strada.

Un odore sconosciuto gli solleticò il naso e l'aria si fece densa. Luke sollevò una mano per fermare il gruppo. "Strega?" mimò con le labbra, rivolto a Krista.

Lei chiuse gli occhi e rilassò le spalle. L'aria le vorticava intorno, sollevando i lembi della maglietta. Dopo qualche istante riaprì gli occhi, che brillarono di una luce dorata per un momento prima di tornare al loro colore normale. Confermò con un cenno.

Ne avevano parlato discutendo il piano. Il sentiero che avevano preso sarebbe stato probabilmente ben sorvegliato. Era l'unico tracciato che portava direttamente alla casa bruciata che Cassie aveva visto in sogno. Luke e Maya dovevano sopraffare le streghe che avrebbero incontrato mentre Krista e Bob avrebbero controllato se fosse stata qualcuna di loro a lanciare la maledizione su Cassie.

Tutte le streghe sarebbero morte quella sera.

Luke lasciò erompere gli artigli mentre camminava silenziosamente alla testa del gruppo. Maya si era appartata dietro un albero per spogliarsi e trasformarsi. Avrebbe mantenuto la forma felina finché non fosse finito tutto.

Si trattava di uno stregone, non era lontano e Luke lo riconobbe immediatamente. Era Tim, l'uomo che aveva preteso la proprietà dello Smeraldo Scarlatto. Invece di attaccarlo da terra, Luke si piegò per prendere la spinta e scattò verso l'alto, afferrando il ramo di un albero e issandosi su di esso.

Il ramo si mosse sotto il suo peso, facendo frusciare le foglie. Tim scattò in piedi da dov'era seduto e si guardò intorno selvaggiamente. Krista aveva spiegato all'alfa che le streghe avrebbero alimentato la cerimonia del Pozzo con gran parte del loro potere. Anche le guardie che non facevano parte del cerchio potevano offrire ad Ava parte del loro.

Ciò significava che quella sera non avrebbero usato barriere magiche per tener lontani i leoni. Era un errore di proporzioni epiche. Le streghe non sapevano come delimitare un perimetro senza la magia, erano più cieche degli umani e più vulnerabili.

Luke rimase perfettamente immobile finché Tim non si rilassò. Una volta che lo stregone si fu convinto che a provocare quei rumori fosse solo il vento, l'alfa si mosse, balzando fra tre alberi e placcando Tim dall'alto, con gli artigli che gli si conficcarono nel collo facendolo sanguinare.

Tim cercò di parlare ma Luke lo schiacciò a terra più forte, sentendo qualcosa scoppiare sotto il suo peso. Lo stregone artigliava il terreno cercando di trovare un'arma o di usare le mani per evocare la magia. Ma Luke lo aveva completamente bloccato, era interamente sotto il suo controllo. Non poteva fare altro che morire.

Bob si avvicinò, silenzioso come un topo. Che tipo di creatura capace di usare la magia poteva camminare senza far rumore al pari di un mutaforma? Se fossero sopravvissuti alla notte, Luke glielo avrebbe chiesto.

L'uomo scuro si inginocchiò accanto a loro, arrotolò le maniche di Tim ed esaminò le sue braccia. Trovandole prive di gioielli, Bob gli scostò il colletto. La gola era nuda.

"Non è stato lui," disse e scomparve di nuovo nell'oscurità per lasciare che Luke lo finisse.

Ma l'alfa non aveva certo intenzione di arrendersi così. "Chi ha lanciato la maledizione su mia sorella?" chiese.

Tim farfugliò, incapace di proferire parola con quel peso sulla gola.

Luke lasciò un po' la presa, dandogli aria sufficiente per parlare. Quando Tim tentò di farlo disse cose senza senso. L'alfa gli concesse ancora più spazio e si chinò in avanti.

Tim parlò ancora, con un tono di voce più alto ma con un linguaggio ancora incomprensibile. Sembrava simile a quello che aveva usato Krista durante i suoi incantesimi per aiutare Cassie. Stava facendo una magia.

Luke scattò in avanti per tagliargli la gola ma il ramo di un albero lo colse di sorpresa colpendolo e facendolo ruzzolare lontano dallo stregone.

Tim non perse tempo a cercare di combattere. Fuggì dirigendosi più a sud verso il luogo in cui si sapeva che le streghe erano riunite.

Luke partì all'inseguimento, colmando senza difficoltà la distanza fra sé e l'uomo ferito. Mentre correvano Tim si abbassò a raccogliere della terra che gettò in faccia all'alfa. Bastò una parola perché la terra prendesse fuoco, bruciacchiandolo e accecandolo per un momento.

Ma Tim era ferito e in un territorio sconosciuto. Non aveva alcuna possibilità.

Luke continuava ad avanzare verso di lui, deviando quella magia ogni volta che veniva lanciata. Lo stregone indietreggiava cercando di non perderlo di vista, ma questo significava muoversi lentamente. Alla fine fece un passo falso, inciampando su una radice e ruzzolando all'indietro.

In un attimo Luke gli fu addosso e gli conficcò di nuovo gli artigli nella gola facendo scorrere il sangue. Tim non ebbe nemmeno il tempo di provare a lottare.

L'alfa si alzò, lasciandolo lì. Si sarebbero

preoccupati dei corpi l'indomani; quella sera dovevano combattere.

Le streghe non erano sole. Dopo che Luke e il suo gruppo ebbero lasciato Tim a terra nella polvere, percorsero altri cinquecento metri prima di percepire la presenza di qualcun altro. L'odore dolciastro di un vampiro investì l'alfa facendolo immobilizzare sui suoi passi.

Fu Maya a raggiungerlo, muovendosi di soppiatto davanti a loro. Le ci vollero pochi secondi per sopraffare il vampiro e il ruggito della leonessa fu l'unica cosa che lui udì prima di morire.

Il sentiero si restringeva man mano che si allontanavano dal fiume e furono costretti a camminare in fila indiana. A Luke non piaceva, la pelle della nuca gli formicolava per la consapevolezza del pericolo. Avanzavano troppo lentamente, le streghe li avrebbero sentiti arrivare e sarebbero tutti morti come il vampiro che Maya aveva ucciso.

Ma poi il sentiero si allargò di nuovo e Luke sentì odore di benzina. Erano più vicini alla strada ma non era da lì che l'odore proveniva. No, era l'odore di un veicolo.

Erano vicini.

Sentì due braccia stringerlo intorno alle spalle e si irrigidì, pronto a difendersi dal suo aggressore, ma era solo Cassie. Gli si avvicinò, nascondendo il viso contro il suo collo. "Ti voglio bene, fratellone," disse, prima di sciogliere l'abbraccio e ritornare al fianco di Bob e Krista.

Luke si voltò e le sorrise. Provava lo stesso sentimento e non vedeva l'ora che lei stesse meglio, che la vana tristezza nei suoi occhi svanisse.

Furono attratti dal fragore della battaglia. Gli altri membri del suo branco erano scesi in campo e le streghe e i vampiri di guardia stavano combattendo per le loro vite. Maya si lanciò, balzando in avanti per gettarsi nella mischia. Luke guardò Krista e Bob e richiamò Krista con un cenno. "Tu vieni con me da quella dannata strega."

Krista si fece avanti e si mossero.

L'attacco dei mutaforma era diretto verso il gruppo di streghe riunite nella radura di fronte alla casa bruciata. Era il caos. I leoni continuavano a rimbalzare contro un muro invisibile e nel frattempo combattevano i vampiri e le streghe che non erano all'interno di quel confine protettivo.

"Mi pareva avessi detto che non avrebbero avuto barriere," disse Luke.

Krista studiò le streghe. "Stanno usando molto del loro potere per tenere alta quella protezione. Si indebolirà quando inizieranno con l'incantesimo. I tuoi leoni saranno presto in grado di sopraffarle."

Trasalì quando uno dei leoni di Luke, non si poteva stabilire chi esattamente vista la distanza, si lanciò contro la barriera e rimbalzò volando indietro di tre metri. Fu immediatamente aggredito da due vampiri.

Combattere lì era diverso dal farlo nel fitto della foresta. La casa era una reliquia storica e durante l'estate gruppi di turisti attraversavano il bosco per consumare il pranzo lì. Ci si doveva inoltrare fra gli alberi abbastanza da permettere agli escursionisti inesperti di compiacersi per aver portato a termine una camminata di poco più di tre chilometri.

Il bosco era stato ripulito intorno alla costruzione e il servizio forestale faceva manutenzione costante. C'era una trentina di metri di spazio aperto disponibile per la battaglia, con l'unico ostacolo di qualche tronco caduto e una mezza dozzina di tavoli da picnic.

Le streghe di Ava erano riunite in cerchio vicino alla casa e l'aria luccicava intorno a loro, proteggendole tramite la barriera. I vampiri e le streghe non coinvolte nella cerimonia stavano cercando di respingere i leoni infuriati e determinati a interrompere il rituale.

C'erano già delle vittime, vampiri e streghe giacevano a terra, alcuni senza vita, altri a un passo dalla morte. Anche alcuni dei suoi mutaforma erano feriti, ma Luke non vide caduti fra loro. Sperava solo che la fortuna continuasse.

"Resta vicino a me," disse a Krista.

Non c'era alcuna copertura oltre alla casa bruciata e le streghe li individuarono rapidamente. Luke si tuffò in avanti mentre un fulmine magico puntava su di loro, ma Krista sollevò una mano facendo scudo a entrambi. Il fulmine si dissolse mentre l'aria luccicava davanti a loro.

Lei gli offrì una mano, ma Luke si rialzò da solo. Aveva ancora gli artigli spianati e non voleva ferirla.

Le streghe dirottarono su di loro altra magia sotto forma di fulmini luminosi. Ma non sembravano provenire dal campo di battaglia principale. Una pioggia di fuoco infernale lo accecò momentaneamente, ma non furono colpiti.

"Puoi proteggere tutti con quello scudo?" chiese.

Krista scosse la testa. "Praticamente è un muro di cemento invisibile. Dovrò lasciarlo cadere se entriamo in campo."

Luke non riusciva a vedere da dove veniva l'attacco magico, ma ciò fu allo stesso tempo la risposta alla domanda. "Sono nella casa."

Scattarono, mentre la protezione di Krista li riparava da un'ondata di esplosioni magiche che li investiva mentre correvano. Le rovine della costruzione erano costituite da due soli muri, c'erano più varchi che parti ancora in piedi. Lì erano nascoste due streghe accovacciate, un uomo e una donna. Luke non riconobbe nessuno dei due.

Ma quello che vide con chiarezza fu un grosso braccialetto di metallo sul braccio della donna, rivestito di capelli biondi. I capelli di Cassie. Quella era la strega che aveva lanciato la maledizione.

Avrebbe voluto farla a pezzi, ma tenne a freno quell'istinto.

Krista lasciò cadere la protezione magica e Luke si lanciò sull'uomo, tagliandogli la gola con gli artigli e allontanandosi subito. L'uomo era già morto prima di toccare il pavimento.

La strega cercò di sfuggirgli ma andò a sbattere contro una parete e inciampò, dandogli il tempo di raggiungerla. Le mise un ginocchio sullo stomaco e le tenne entrambe le mani con una delle sue, mentre le conficcava nella gola gli artigli dell'altra mano.

"Vai a chiamarli," ordinò Luke con voce aspra.

"Ho già dato il segnale," rispose Krista. Teneva gli occhi fissi su di lui e sulla strega, come se dubitasse che avrebbe lasciato viva la donna.

Un boato riverberò fra le rovine, abbattendo sul terreno una trave di legno pericolante.

"È la barriera," disse Krista. "Devi andare ad aiutarli."

Luke era combattuto, aveva bisogno di occuparsi

di Cassie ma non c'era più niente che potesse fare per lei. "Tienila al sicuro," le raccomandò.

Krista annuì. "Hai la mia parola."

Luke si allontanò correndo verso la battaglia, direttamente nell'inferno.

12

CAPITOLO DODICI

MEL SAPEVA che non si poteva tornare indietro una volta che lei e Brynne avessero attraversato il ponte, ma non si aspettava di arrivare a quel punto così velocemente. Si ritrovarono ad averlo oltrepassato, accertandosi della sua relativa sicurezza, nel giro di pochi minuti dopo aver lasciato Eagle Creek. Gli altri leoni non erano lontano, e si sarebbero riuniti con Mel e Brynne a breve.

Poi si lanciarono attraverso la foresta, uccidendo streghe e vampiri al loro passaggio. Mel confidava che la città fosse relativamente al sicuro, per il momento. Erano in troppi, nei boschi, perché ci fosse un gran dispiegamento di forze nel centro abitato.

Non sapeva i nomi di quei leoni, non di tutti almeno. Conosceva il branco appena da poche settimane. Ma se fosse morta quella notte, sarebbe stata felice di farlo al loro fianco.

Non che avesse intenzione di morire.

Gli scontri infuriavano intorno a lei. Mel perse la cognizione del tempo quando giunsero alla casa bruciata. C'erano solo le streghe, i vampiri e la battaglia. Non era in grado di vedere la barriera che proteggeva Ava e i suoi compari, ma poteva quasi percepirla. Era come se uno sciame di insetti strofinasse le ali contro di lei.

Si gettò contro la barriera insieme agli altri leoni, combattendo la magia e i vampiri man mano che arrivavano. L'unica cosa che poteva abbattere quella protezione era la forza fisica. L'avrebbero colpita come se fosse un muro di mattoni. E come un muro sarebbe crollata.

Dodici streghe circondavano una donna bionda. Mel la intravide solo di sfuggita. La furia che sentiva dentro di sé era una conferma sufficiente. Ava era in mezzo al cerchio, a evocare la magia per distruggere Luke e il suo branco. Se anche aveva avuto il minimo dubbio, era stato spazzato via.

Mel intensificò i suoi sforzi, scorticandosi a sangue le mani. Sebbene la barriera fosse praticamente impercettibile, poco più di un filo d'aria, bruciava al tatto come una fiamma invisibile che cercava di proteggere donne e uomini al suo interno dalle conseguenze delle loro azioni. Ma anche i fuochi potevano essere soffocati ed estinti.

Il ringhio crebbe dal fondo della sua gola, guadagnando potenza e diventando un pieno ruggito. Non sembrava uno dei leoni ma non ne aveva bisogno. Tutti i felini erano accomunati da quella missione. Quel giorno costituivano un unico branco.

Il terreno sembrò cedere, prima di un paio di centimetri e poi di un'altra mezza dozzina. Per un attimo tutto rimase immobile, poi Mel sentì l'esplosione fin nelle viscere per lo spostamento d'aria, mentre la barriera crollava di fronte a loro lasciando solo un silenzio fremente.

Le streghe che erano all'esterno della barriera capirono prima di quelle all'interno. Mel udì gridare una voce stridula. "Proteggete la congrega!" Ma era troppo tardi. Lei si stava già lanciando in avanti, con gli artigli che erompevano dalle mani, pronta a ottenere la sua vendetta.

Tolse di mezzo dalla sua strada un uomo alto con uno spintone. Non era lui che voleva.

No, era una cosa fra lei e Ava.

Ma non poteva arrivare a lei. I dodici membri della congrega si erano legati fra loro in un cerchio intorno ad Ava. Tutti loro le trasferivano il loro potere, con le voci innalzate in una cantilena. Mel non poteva sapere da quanto tempo stavano mettendo in atto quel rituale. Il volume non cambiò mentre i leoni si scagliavano contro di loro.

La prima a cadere fu una donna di bassa statura, placcata a terra da una leonessa in piena forma animale. Cercò debolmente di urlare prima di finire dissanguata.

Mel colpì con gli artigli la schiena di un altro uomo alto. Lui cadde sul posto, ma senza interrompere la cantilena. Lei si chinò su di lui e guardando i suoi occhi di un azzurro brillante lesse nel suo sguardo dolore e paura. Era terrorizzato da ciò che lei gli avrebbe fatto.

Smise di cantare. "Ti prego, non uccidermi," la implorò. Nonostante la sua altezza la sua voce non era profonda, come se fosse ancora solo un giovane uomo. Forse non aveva nemmeno vent'anni.

E in quel momento Mel si ricordò di non aver mai ucciso nessuno. Era una criminale, per di più incorreggibile, ma la violenza non faceva per lei.

Il giovane approfittò della sua esitazione.

Stese una mano e un dardo di energia saettò verso di lei. L'avrebbe colpita in pieno volto se un altro uomo dalla corporatura massiccia non l'avesse placcata in tempo spostandola dalla traiettoria.

Luke.

Mel si ritrovò sotto di lui, con la sua mano incidentalmente appoggiata sulla gola.

Gli sorrise, felice che lui l'avesse trovata e che per il momento fosse sano e salvo. "Mi pare che ci siamo già trovati in questa situazione prima d'ora."

Lui si appiattì, quasi schiacciandola con il suo peso. Un attimo dopo Mel sentì il calore della magia avventarsi su di loro. Luke sussultò, poi le baciò una guancia dopo aver preso un profondo respiro. "No, questa volta è molto meglio," sussurrò.

Si scostarono, non potendo rubare più di un momento nel bel mezzo della battaglia.

Il giovane era tornato al cerchio strisciando carponi, con le ferite sulla schiena che grondavano rivoli di sangue. Se il rituale non fosse terminato in fretta sarebbe comunque morto dissanguato. Ma Mel non gli avrebbe concesso quella possibilità.

Quel momento con Luke era stato sufficiente a ricordarle perché si trovava lì, perché doveva togliere quelle vite. Non si trattava solo di ottenere vendetta per la famiglia che le era stata strappata, ma anche di proteggere l'uomo che aveva scelto e la famiglia che avrebbe costruito con lui.

Era il suo compagno, dannazione, ed era arrivato il momento di proteggerlo.

Non diede al giovane con i timorosi occhi azzurri la possibilità di difendersi; lo raggiunse e gli squarciò la gola. Si era avvicinata silenziosamente in mezzo alla mischia. Lui non si era accorto che lei era alle sue spalle finché non fu spacciato.

Almeno due morti. Ne servivano altri quattro.

Ma le streghe avevano recuperato. Quelle che facevano parte della congrega si erano strette intorno ad Ava.

Si trovavano all'interno di un grande anello di pietre, da ognuna delle quali si sprigionava una brillante fiamma rossa. Mel provò a contarle. Nel cerchio c'erano almeno sette streghe, compresa Ava. Le pietre le ostruivano la visuale, ma non credeva che ce ne fossero altre.

In ogni caso erano in numero sufficiente a portare a termine il rituale.

Rivolse lo sguardo a Luke, nella speranza che lui avesse qualche idea su come attraversare le fiamme, ma lui le lanciò un'occhiata nello stesso momento con un'espressione altrettanto smarrita.

Mel non accettava la resa. Non potevano perdere, era troppo importante. Non avrebbe permesso ad Ava di portarle via tutto un'altra volta. Si chinò a raccogliere un ramo che era caduto da uno degli alberi. Era leggero, poco più di un ramoscello. Se l'avesse usato per colpire qualcuno si sarebbe sbriciolato senza lasciare nemmeno un livido. Ma lei aveva i pugni, per colpire. Prese forza tirando indietro il braccio e poi lanciò il ramo sulla nuova barriera che avevano eretto.

Il legno urtò contro un muro invisibile e cadde a terra.

Non c'era modo di usare la forza fisica per abbattere quella protezione. Nella migliore delle ipotesi si sarebbero procurati troppe ferite per poter combattere dopo averla oltrepassata. Nella peggiore, l'intero branco sarebbe stato sterminato molto prima che Ava attingesse il potere dal Pozzo.

Mel guardò le sagome sfocate delle streghe in cerchio oltre le fiamme. Non riusciva più a udire la cantilena. Anche se la furia del combattimento si era placata un po', con la maggior parte delle altre streghe e dei vampiri morti, feriti o in fuga, la foresta era ancora troppo rumorosa per cogliere qualsiasi suono che la magia non avesse bloccato.

Luke si diresse verso di lei, scavalcando il corpo a terra di una strega senza nome.

"Scappiamo?" chiese. Non sembrava del tutto rassegnato, ma le spalle si erano incurvate un po'.

"Non c'è abbastanza tempo." Mancavano ormai meno di sette minuti perché il rituale fosse completo. Anche considerando la velocità dei mutaforma, avrebbero percorso solo qualche chilometro. Ava li avrebbe annientati prima dell'alba grazie al suo accresciuto potere. Mel si voltò verso Luke e aspettò che lui tornasse ad abbassare lo sguardo su di lei. "Ti amo, lo sai vero?" confessò.

Gli angoli della bocca di Luke si sollevarono in un sorriso. "Dimmelo domani."

"Va bene." Non sarebbe stata la prima promessa che aveva fatto senza poterla mantenere.

"Krista ha detto che abbasseranno la barriera." Luke tornò a rivolgere la sua attenzione al cerchio mentre Maya li raggiungeva a passi felpati nella sua forma di leonessa. "Hai idea di quando succederà?"

Mel scosse la testa. "Non avremo molto tempo per agire."

"Sarà sufficiente." C'era qualcosa di diverso nella sua voce. Non la stava solo rassicurando, le stava dando la sua parola di alfa.

Il tempo scorreva lento e inesorabile mentre aspettavano che le streghe lasciassero cadere la barriera. Ogni secondo sembrava lungo cinque minuti e Mel cominciava a sentire il bisogno di muoversi.

Krista li raggiunse di corsa, con la camicia macchiata di sangue secco. "Perché..."

"Cassie sta bene?" la interruppe Luke.

Krista non rispose subito. "La maledizione è sparita," disse alla fine. "Ma perché state tutti fermi qui?" chiese con un gesto verso la congrega.

Lo sguardo di Mel corse fra la barriera fiammeggiante e Krista. "Per via del fuoco?"

Krista si portò una mano alla fronte e gemette. Quel gesto poteva essere buffo se non le avesse lasciato un larga striscia di sangue sul sopracciglio sinistro. "È una fottuta illusione. Potrebbe essere un po' caldo, ma non dovrebbe fermarti."

Mel afferrò Krista per le spalle. "Sei sicura? Stiamo parlando di Ava."

Krista annuì. "Stanno incanalando così tanto potere nell'incantesimo che l'illusione è a malapena stabile. Finché il rituale non sarà terminato non avranno forza sufficiente per attaccarvi in alcun modo."

Mel si rivolse a Luke. "Ora o mai più."

Lui stava già correndo e radunando i suoi leoni per attaccare le streghe sul fianco. Mel si avviò per raggiungerli nella corsa, ma Krista la fermò mettendole una mano sulla spalla.

"Noi arriviamo da dietro. Sai anche tu che Ava cercherà di scappare mentre i leoni eliminano le sue streghe." La mano di Krista sul suo braccio la teneva stretta, come se pensasse che Mel avrebbe tentato di sfuggirle per lanciarsi nella battaglia principale.

Ma lei sapeva che Krista aveva ragione. Per nessun motivo al mondo Ava si sarebbe lasciata catturare e se fosse fuggita in quel momento sarebbe tornata presto con i rinforzi. A quel punto avrebbe sterminato l'intero branco come massima precauzione prima ancora di tentare di impadronirsi del Pozzo.

Così lei e Krista si allontanarono dal campo di battaglia principale e tornarono indietro nel bosco verso la strada e il piccolo parcheggio che serviva l'area picnic.

Mel aiutò Krista a salire su un albero e poi si arrampicò su un altro ramo. Rimanere sugli alberi le teneva nascoste ma non permetteva loro di muoversi. Era però quella la strada che Ava avrebbe imboccato, era il percorso più veloce per allontanarsi dalla casa bruciata e sapeva bene di non poter sopraffare i leoni nella loro stessa foresta.

Passarono i minuti. Mel poteva sentire gli scontri della battaglia, le urla mentre le streghe morivano e i leoni venivano feriti. Alla fine un fulmine si scaricò sulla zona, illuminando a giorno la foresta per un istante e abbagliando Mel.

"L'hanno fermata," disse Krista. "Sta per scappare."

Nonostante la compromissione della vista Mel si rannicchiò sul suo ramo, pronta a placcare la strega.

"Fai in fretta," la avvertì Krista. "La maggior parte della sua magia sarà stata prosciugata durante il rituale, ma non ci metterà molto a recuperarne abbastanza da procurare danni ingenti. Ti darò supporto magico se ne hai bisogno. Ora che il rituale è stato interrotto i miei incantesimi dovrebbero poter agire senza ostacoli."

Mel era felice che Krista fosse lì. Non avrebbe mai conosciuto i segreti e le sfumature della magia senza la sua guida. Per quanto potesse studiare le tattiche di Ava – oltre alla sua esperienza personale – niente poteva eguagliare l'avere una strega al suo fianco.

Ma non c'era tempo per parlarne, non ancora. Sentiva lo schiocco di rami spezzati e un respiro ansante mentre qualcuno correva nel bosco, fuggendo dal combattimento. Era sottovento, ma Mel intravide i capelli biondo platino.

Ava.

Fece un ultimo profondo respiro e aspettò il momento giusto. Ava era quasi arrivata al suo albero, quando Mel saltò. Lanciò una sola occhiata alla strega, ma fu sufficiente a farla inciampare e cadere su un ginocchio. Sfruttò comunque l'effetto sorpresa, non dando ad Ava la possibilità di approfittare del suo errore.

Fu una colluttazione veloce, Ava non era una combattente. Non a livello fisico, comunque. Se solo avesse avuto ancora un briciolo di potere a disposizione in quel momento, Mel sarebbe diventata una sagoma bruciata su uno degli alberi vicini. In quel preciso istante era invece Mel ad essere in vantaggio.

"Stupido animale," sbottò Ava. "Se pensi che questo significhi qualcosa oltre alla tua condanna, sei meno intelligente di un moscerino."

Non aveva riconosciuto Mel. Dopo tutti quegli anni, gli incubi, i piani per abbatterla, l'implacabile determinazione ad essere pronta proprio per quel momento, la nemica di Mel non ebbe la decenza di sapere chi fosse. Non avrebbe dovuto essere una sorpresa. Ava non l'aveva più vista da quando aveva dodici anni, mezza selvaggia, un intrico di nodi al posto dei capelli e la pelle costantemente piena di lividi. Sembrava umana a malapena, all'epoca.

Mel aveva programmato un discorso, per quell'occasione. L'aveva pianificato mentalmente in un attacco di stucchevole sentimentalismo quando aveva ventun anni. Ma sarebbe stata una concessione eccessiva per quella miserabile sottospecie di essere umano.

Quindi, senza tante cerimonie, Mel piantò gli artigli nella gola di Ava, recidendo la giugulare e guardando il sangue zampillare.

Non aveva rimpianti.

FU UN MASSACRO. Prive delle loro protezioni magiche, le streghe sembravano totalmente incapaci di reagire. Non avevano incantesimi da lanciare contro i leoni e non c'erano più barriere. Il bagno di sangue fu compiuto velocemente. Luke vide una o due di loro fuggire nel bosco, ma non aveva importanza. Ava e la sua congrega erano state sconfitte, il Pozzo non sarebbe stato privato del suo potere e il suo branco era salvo.

Non trovò più Ava. Da un momento all'altro era scomparsa alla vista. Luke provò a rintracciare il suo odore. Era l'unica strega che doveva necessariamente morire. La mente che aveva architettato la maledizione sopra sua sorella, la macellaia che aveva massacrato la famiglia di Mel, la stronza che aveva cercato di consegnare il suo territorio ai succhiasangue. Le accuse contro di lei erano troppe per avere pietà.

Soprattutto, se non l'avesse uccisa, sarebbe tornata.

Luke riunì cinque o sei dei suoi leoni e li mandò alla ricerca di Ava. Aveva il brutto presentimento che non l'avrebbero trovata. Non sapeva come dire a Mel che era fuggita, ma lei era altrove, si erano separati appena prima dell'assalto finale. Lui sentiva in cuor suo che stava bene. Presto l'avrebbe trovata.

Al momento doveva invece recuperare Cassie.

Aveva trattenuto l'impulso di cercarla e portarla via da lì per troppo tempo. Aveva sperato che una volta spezzata la maledizione lei sarebbe rimasta al sicuro lontano dalla battaglia, ma lo preoccupava il fatto che non l'avesse più vista da quando lui aveva lasciato Krista e Bob.

Aveva visto Krista, ma Bob doveva essere rimasto con Cassie. Da allora ne aveva perso le tracce.

Luke tornò verso la casa bruciata in rovina dove aveva lasciato la ragazza.

Tutti i pensieri relativi alla battaglia lasciarono la sua mente quando girò l'angolo e vide sua sorella. Premeva le mani su una ferita al fianco, ma il sangue denso e scuro le colava tra le dita. Bob era accanto a lei, con l'aspetto smunto, un filo di saliva che gli usciva dalla bocca, gli occhi vitrei e la pelle di un malsano bruno verdastro. Accanto a Cassie c'era un coltello insanguinato. Dalla posizione sembrava che le fosse caduto. Il corpo della strega che le aveva lanciato la maledizione giaceva floscio nella polvere sul pavimento, con il sangue sgocciolante in una pozza da una ferita nell'addome identica a quella di Cassie.

Luke si precipitò al suo fianco, con il terrore che gli opprimeva il petto come un peso da una tonnellata. Mise una mano sopra quella della sorella e la sentì fredda. Lei socchiuse le palpebre tremanti e lui le lesse negli occhi sofferenza, ma anche speranza.

"La maledizione è spezzata," disse in un sussurro a malapena percettibile.

"Bene," rispose lui chinandosi a baciarle la fronte prima di rivolgere la sua attenzione all'uomo ferito accanto a sua sorella. "Grazie."

Bob annuì. "Cassie è forte."

La ragazza iniziò a tossire e Luke chiamò il guaritore del branco.

Tutto ciò che venne dopo ebbe luogo rapidamente. Alcuni leoni coprirono Cassie dopo aver bendato la sua ferita come meglio potevano.

Il resto della notte passò nel caos. Bisognava occuparsi dei morti e dei feriti e sbarazzarsi delle streghe e dei vampiri caduti. Luke fece una telefonata a Peklo, il capo dei vampiri, e non fu sorpreso nello scoprire che il numero era disconnesso. Non poteva essere sicuro che Peklo fosse coinvolto nel piano di Ava ma se anche fosse riuscito a contattarlo il vampiro avrebbe sostenuto di non esserne a conoscenza.

Si sarebbe occupato di lui più tardi. Se anche Peklo avesse accettato di partecipare all'offensiva, non avrebbe attaccato ora che le streghe erano state sconfitte. Luke aveva contato almeno venti vampiri morti. Una perdita troppo consistente per mettere in piedi un attacco immediato, se quelli erano davvero uomini suoi.

Quanto ai leoni di Luke, ne avevano persi due in battaglia e altri tre erano feriti gravemente, ma gli altri si sarebbero ripresi.

Quando il sole cominciò a far capolino oltre l'orizzonte, Luke era sul punto di collassare per quanto era esausto. Si era calmato e aveva lavorato così instancabilmente da non essersi reso conto di non aver più visto Mel dal momento della battaglia.

Sapeva che lei non doveva essere lontana. Non gli avrebbe confessato il suo amore per poi fuggire.

O almeno lui non pensava che l'avrebbe fatto.

L'avrebbe trovata dopo essersi concesso un paio d'ore di sonno.

Quel momento di riposo passò in un attimo e la prima cosa di cui si rese conto dopo aver aperto gli occhi fu che il sole di mezzogiorno stava inondando la sua stanza. Non si sarebbe nemmeno svegliato se Maya non avesse bussato alla sua porta. Luke si mise un maglietta e aprì, passandosi una mano fra i capelli per domarli.

"Cosa c'è?" chiese.

Sembrava che Maya non avesse dormito affatto, ma si teneva ancora dritta e non si era lasciata fermare dalla stanchezza. "Tutti hanno superato la notte. Murphy dice che secondo lui se la caveranno."

Luke annuì, sollevato.

"E Cassie vuole parlarti."

"Vado subito."

Maya fece un cenno di assenso e si ritirò, parlando mentre si allontanava. "Vado a riposare un po'."

Luke la lasciò andare, ma all'ultimo momento la fermò. "Qualche segno di Mel?"

Maya scosse la testa e continuò a camminare.

Cassie era tornata nella stanza in cui era rimasta in catene durante tutto il periodo della maledizione. Non era più ammanettata e non aveva bisogno di una guardia, ma Bob era ancora accanto a lei. Entrambi sembravano essersi rimessi in sesto. Lui aveva ripreso colore e il viso di lei era sereno.

La ragazza aprì gli occhi e sorrise quando Luke si chiuse silenziosamente la porta alle spalle. "Come stai?" chiese lui.

Bob si alzò e salutò Luke, poi si scusò nel lasciarli soli.

"Mi sento come se qualcuno mi avesse pugnalato allo stomaco, ma per il resto sto bene." Sembrava stanca, ma era una stanchezza positiva. Non appariva più rassegnata e a un passo dalla morte.

"Cos'è successo là fuori?" Aveva visto il coltello ma non sembrava che la strega avesse pugnalato Cassie.

La ragazza prese un profondo respiro e fece una smorfia. "Beh, dovevamo uccidere la strega per spezzare la maledizione."

Luke annuì, lo sapeva.

"E lei ha finito per usare una magia per impedirmelo." Cassie stava prendendo tempo, la conosceva troppo bene per non accorgersi dei suoi trucchetti.

"E...?"

"Voglio che tieni ben presente che sono viva e che sto guarendo. Il dottor Murphy ha detto che starò bene." Ecco la sorellina che ricordava, quella che cercava sempre di tirarsi fuori dai guai a dispetto di qualunque cosa avesse combinato. Luke sentì montare la frustrazione. Cassie continuò senza bisogno che lui la pungolasse. "È stato il legame con Bob per tenermi in vita a salvarmi. Krista aveva detto che ero legata alla strega attraverso la maledizione. E che le maledizioni sono davvero pericolose. Così ho fatto un salto nel buio e mi sono pugnalata da sola."

Luke sentì il sangue pulsare nelle orecchie e dovette fare un profondo respiro per trattenersi dal fare qualcosa di drastico, come tirare il collo a sua sorella. Era viva, era quello l'importante.

"Quindi ora che cosa facciamo?" chiese la ragazza dopo un lungo silenzio di Luke.

"Stavo per chiederti la stessa cosa." Non poteva

prendere decisioni che riguardassero Cassie al posto suo. Aveva fatto degli errori – orribili, catastrofici errori – ma le ultime settimane gli avevano aperto gli occhi sul fatto che sua sorella era cresciuta. "Sai bene che non puoi tenerlo nascosto alla mamma o a Scott."

Cassie gemette, con il viso che si contraeva in una smorfia di dolore che non aveva nulla a che fare con la sua ferita. "Mi uccideranno. E poi mi rinchiuderanno per cent'anni. E poi mi uccideranno di nuovo solo per darmi una lezione."

Luke scoppiò a ridere e fu una risata di gusto, qualcosa che in quel caos aveva ormai dimenticato. "Ti porterò a casa io. Finché sarò lì non ti uccideranno."

"Magari Bob potrebbe nascondermi nella foresta!" Il suo viso si illuminò.

Luke sollevò un sopracciglio. "Perché dovrebbe farlo? Quale foresta?"

Cassie alzò gli occhi al cielo. "Dai che lo sai, la foresta dove lui è un fottuto principe elfico. Com'è possibile che nessuno di voi l'abbia capito?"

Luke cercò di ricordare una qualsiasi cosa che potesse suggerire che Bob fosse un elfo, per di più di stirpe reale. Del resto non ne aveva mai incontrato uno, non aveva nemmeno mai creduto che esistessero davvero. "Come fai a saperlo?"

"Quella cosa del legame vitale. Ho notato alcuni

particolari che potrebbe non aver avuto intenzione di condividere." Cassie sorrise a quelle parole e si sporse un po' verso il fratello, trasalendo immediatamente per il dolore della ferita all'addome che si faceva sentire. "Magari teniamo la cosa fra noi due, va bene? Non credo che gli piacerebbe che io te l'abbia detto."

Luke annuì. "Certo."

"E Mel?" chiese Cassie.

Anche Luke avrebbe voluto una risposta a quella domanda.

13

CAPITOLO TREDICI

BRUCIARE il corpo richiese più tempo di quanto Mel si aspettasse. A complicare la situazione c'era anche la faccenda della dispersione delle ceneri. Lei e Krista concordavano sull'idea di dividere le ceneri in più parti separate da spargere a grande distanza fra loro, per precauzione. Nessuna delle due credeva veramente che Ava potesse tornare in vita dopo che il suo cadavere era stato completamente carbonizzato, ma non c'era ragione di non essere prudenti.

Mel avrebbe voluto avvertire Luke prima di sparire ma dopo un notte di riposo si rese conto che non sarebbe stata una buona idea. Avrebbe insistito per andare con lei. Poi Maya si sarebbe infuriata e lo avrebbe convinto a portarsi una scorta. A quel punto ci sarebbero state trattative su chi sarebbe andato, quando e dove. E dopo tutto questo avrebbero dovuto negoziare un passaggio sicuro attraverso i territori in cui dovevano passare.

Sarebbe stato molto più semplice andare da sola.

Durante il tempo trascorso fra il Messico e la notte della battaglia il suo telefono era andato distrutto, quindi non poteva nemmeno chiamare Luke. Comunque, se anche l'avesse fatto, temeva che lui si sarebbe messo sulle sue tracce prima che lei avesse finito.

Mel fu talmente occupata durante la settimana che ci volle per disperdere le ceneri di Ava, che sentiva la mancanza di Luke solo nei momenti di pausa. Sfortunatamente la quantità di viaggi che intraprese in quelle giornate implicava lunghe attese e molte più pause di quelle a cui era abituata. Stare lontana da lui le faceva male dentro. E mentre spargeva l'ultimo rimasuglio delle ceneri su un dirupo isolato delle Smokey Mountains, non c'era niente che desiderasse di più che tornare in Colorado e accoccolarsi vicino al suo alfa.

Ma c'era ancora una cosa da fare, ed era il motivo per cui aveva lasciato per ultimo il viaggio in Tennessee.

Era giunto il momento di tornare a casa per la prima volta dopo ventitré anni.

Mel era appena fuori dal vecchio territorio della sua famiglia. Le era sembrato un tradimento spargere le ceneri della loro assassina nel luogo dove un tempo i suoi cari avevano vissuto. Ma sperava di essere abbastanza vicina da onorare finalmente il loro ricordo dopo averli vendicati.

Camminò attraverso la foresta per ore, cercando di trovare la costruzione che una volta aveva chiamato casa. Fu più difficile del previsto. Nessuno viveva in quei boschi ed era tutto diverso rispetto a quando era bambina. Quando Ava aveva aperto il Pozzo un incendio aveva imperversato per giorni, distruggendo centinaia di ettari di foresta. La casa si era salvata solo grazie ai venti favorevoli.

Furono i vecchi alberi rimasti fra le nuove giovani piante a condurre finalmente Mel alla valle dov'era cresciuta. La casa che ai suoi occhi di bambina era sembrata una reggia appariva ora semplicemente grande e in un triste stato di abbandono.

Tutte le finestre, tranne una, erano incrinate o completamente in frantumi, la vernice blu era scheggiata e marcia. Il tetto sul lato nord era interamente crollato.

L'unica cosa rimasta della sua famiglia era un rudere.

Ma la veranda sembrava abbastanza solida e Mel decise di sfidare la sorte. Aveva corso rischi maggiori per molto meno.

Si sedette sul legno scheggiato e raccolse le gambe

al petto, appoggiando la guancia sulle ginocchia. Seduta così sotto il portico, si aspettava di sentir svanire il peso dell'ultimo quarto di secolo. Pensava che si sarebbe sentita sollevata dall'aver ottenuto vendetta e aveva sperato che il vuoto che sentiva nel petto si sarebbe riempito.

Sentì invece solo un po' di pace e un'irresistibile voglia di piangere. E cedette. Lasciò scorrere le lacrime e quando arrivarono i singhiozzi pianse a dirotto e tirò su col naso fino a sentire la testa dolere e gli occhi bruciare. Era un disastro, ma nella foresta non c'era nessuno che potesse vederla in quello stato.

Il pianto si placò e Mel si asciugò gli occhi col dorso della mano. Si alzò e si stiracchiò. Poi si allontanò, senza più rivolgere lo sguardo alla casa alle sue spalle.

Quel luogo non le apparteneva più. Il territorio avrebbe dovuto essere suo, ma la vita aveva sempre un modo per scombinare i piani. Era una ladra, era amata e aveva reso giustizia alla sua famiglia distruggendo la donna che l'aveva sterminata. Ma non avrebbe vissuto in una casa ammuffita in un'area sperduta del Tennessee. Non si sarebbe nascosta in quei boschi ora che aveva completato la sua missione.

Aveva un volo da prendere.

La madre di Luke aveva insistito per riaccompagnarlo all'aeroporto dopo che lui aveva riportato Cassie a casa. Come sua sorella aveva previsto i suoi genitori non erano stati contenti, ma molta della loro rabbia era rivolta a lui. Dopo tutto, aveva scelto di non contattarli nemmeno quando lei era stata sul punto di morire.

Si sentiva quasi in colpa per aver lasciato Cassie da loro, ma era sopravvissuta a una maledizione e dubitava che sua madre e il suo patrigno potessero fare di peggio.

"Cassie mi ha detto che hai incontrato una ragazza," disse sua madre mentre entrava nel parcheggio dell'aeroporto.

Aveva trentun anni, era l'alfa del suo branco e ancora arrossiva quando sua madre gli parlava di ragazze. Luke desiderò poter brontolare, ma poi pensò a come l'avrebbe presa Mel se avesse potuto vederlo e sogghignò.

"Ah, allora è vero," disse sua madre con un sorriso che avrebbe potuto illuminare il sole.

Se solo lui avesse saputo dove diavolo era finita Mel. Chi poteva confessare il proprio amore nel bel mezzo di una battaglia e poi fuggire senza salutare?

Lui e la sua ladra dovevano fare un discorso serio sulla comunicazione.

"Mi ha rubato lo Smeraldo Scarlatto." L'avevano recuperato all'indomani della battaglia, ma Luke si sarebbe sbarazzato volentieri di quella vistosa pietra rossa, anche se non voleva rischiare un altro furto, soprattutto ora che sapeva che poteva essere usata per attingere al Pozzo.

"Cerca di non sembrare così orgoglioso del furto," disse sua madre, perplessa.

"Lei è la mia compagna." Quelle parole furono piene di orgoglio, soddisfazione e amore. Luke non era un ladro e non approvava i furti ma sapere che la sua donna era una delle migliori nel campo superava in qualche modo le sue remore morali.

Per sua madre quell'affermazione fu sufficiente. Lo accompagnò fin dentro l'aeroporto e lo lasciò con un abbraccio e un grosso bacio sulla guancia. Luke superò i controlli e arrivò al gate addirittura in anticipo.

Le cose si rivelarono ancor migliori del previsto quando, prima che salisse sull'aereo, un'assistente di volo lo chiamò al bancone e gli fece sapere che il suo biglietto era stato aggiornato a una categoria superiore e che lui avrebbe viaggiato in prima classe. Non ne spiegò il motivo, ma Luke non rifiutò. Non era così stupido.

Mentre aspettava che chiamassero l'imbarco spedì diverse e-mail e alcuni messaggi, ma qualcosa ai margini della sua coscienza continuava a distrarlo. Non era proprio un suono o un odore e non riusciva a identificarlo con certezza.

Dopo mezz'ora arrivò la chiamata all'imbarco e Luke arrivò per primo, infilandosi al suo posto lungo il corridoio e mettendosi comodo. Allungò le gambe il più possibile e le sue ginocchia nemmeno si avvicinarono al sedile di fronte a lui.

Il paradiso.

O la cosa più vicina al paradiso che si potesse ottenere da un volo nazionale.

I passeggeri entravano e sistemavano i loro bagagli a mano mentre passavano i minuti. Luke era pronto a partire, ma continuavano a imbarcare. Dopo quella che sembrò una piccola eternità, il rumore della gente che si accomodava si placò.

Erano pronti al decollo.

Il posto accanto al finestrino di fianco al suo era vuoto e lui pensò che non avrebbe avuto nessuno vicino per l'intera durata del volo. Finché una donna non si avvicinò alla sua fila fermandosi in piedi proprio accanto a lui. Quando il suo profumo lo investì, Luke sorrise.

Alzò lo sguardo per vedere Mel nella sua esagerata parrucca rossa, con una borsetta in mano.

Indossava degli enormi occhiali da sole neri e un abito giallo.

"Penso che quello sia il mio posto," disse indicando il finestrino, con una voce di quasi un'ottava più alta del normale.

"Certamente." Luke si alzò per farla passare, ma Mel se la prese comoda, lasciando che i loro corpi si sfiorassero. Le mani di Luke si posarono sui suoi fianchi, indugiando su di essi prima che lei si sedesse.

"Allora," disse Mel dopo aver posato la borsa davanti a sé. "Vieni qui spesso?"

Luke le prese la mano e intrecciò le dita con le sue. "Hai aggiornato tu il mio biglietto? Come facevi a sapere che sarei stato su questo volo?

Mel si portò alle labbra la mano di Luke e la baciò. "Una ladra non racconta mai i suoi segreti."

Lui avrebbe voluto baciarla. In realtà desiderava fare cose molto più spinte, ma la mancanza di privacy smorzò il suo ardore. La sua felicità e il sollievo nel vedere Mel non cambiavano tuttavia il fatto che lei se ne fosse andata senza una parola.

Luke prese un profondo respiro per affrontare la questione ma lei lo batté sul tempo, parlando prima che lui potesse fare domande.

"Mi dispiace di essermene andata. Krista e io ci siamo occupate di Ava, e dopo abbiamo dovuto assicurarci che non potesse tornare." Luke poteva solo immaginare il significato di quelle parole. Morto voleva dire morto. La maggior parte delle volte. Mel continuò. "E poi avevo bisogno di occuparmi di alcune cose prima di venire a trovarti."

"A trovarmi?" La mente di Luke si riempì di immagini di momenti rubati mentre lei girovagava per il mondo, faceva rapine, si metteva in pericolo e incontrava altri uomini. "Non sono un amante."

Lei si morse il labbro con un'espressione così dannatamente irresistibile che Luke non poté trattenersi dallo sporgersi in avanti e catturare le sue labbra. Lei lo abbracciò e in quel momento lui avrebbe accettato qualsiasi sua promessa se solo avesse significato che aveva un minuto in più per baciarla.

Un'assistente di volo lo sfiorò mentre passava e fu sufficiente per ricordare a Luke che lui e Mel erano in pubblico. Si tirò indietro, ma non di molto.

"Che ne pensi di *compagno*?" chiese Mel. "Mi sembra che suoni bene."

Luke le sfiorò dolcemente una guancia col pollice. "Sì, *compagna* è una definizione migliore per quello che sto cercando."

"Non farai niente di folle, vero?" Lei si tirò indietro quel tanto che bastava per dargli lo spazio per respirare.

Luke non aveva bisogno di spazio. “Folle?”

“Sai, come chiedermi di lasciare il mio lavoro. Cose così.” Il fatto che lei fosse lì già significava che lo conosceva abbastanza bene da non aspettarsi niente di simile. Ma Luke capì anche che lei aveva paura. Era felice, pronta, ma assolutamente incerta di ciò che quella domanda avrebbe comportato.

Lui alzò un dito. “Una sola richiesta. Per ora.” Aggiunse le due ultime parole per precauzione.

“Quale?”

“Non rubare ai miei alleati. A prescindere da ciò che possiedono.” Scegliere come compagna una ladra avrebbe complicato le cose, ma non gli importava.

Mel strofinò una guancia sulla sua spalla, fermandosi lì, accoccolata accanto a lui. “Penso di poterlo accettare.”

Mentre l’aereo decollava, Luke immaginò i giorni e gli anni a venire con Mel al suo fianco. Probabilmente si sarebbero fatti diventar matti l’un l’altra un centinaio di volte. Ma si sarebbero amati e avrebbero riso, litigato e fatto l’amore per ore. Avrebbero affrontato i loro nemici e sarebbero stati sempre fianco a fianco come gli alfa del suo branco. Ci sarebbero state complicazioni e momenti difficili. Ma Mel era la donna per lui. Lui l’amava, lei era la sua compagna, una sua pari.

Mentre l’aereo virava verso ovest, il futuro si

estendeva davanti a loro. Non c'era nessun altro accanto al quale avrebbe preferito trovarsi. Luke era pronto ad affrontarlo insieme a lei.

Grazie per la lettura! Se vi è piaciuta questa storia, per favore considerate di lasciare una recensione.

A PROPOSITO DI KATE RUDOLPH

SONO una scrittrice di paranormal romance e vivo in Indiana. I personaggi di cui adoro scrivere sono eroine forti e toste, e uomini attraenti che se ne innamorano. Divoro romanzi d'amore da quando ero troppo giovane per leggerli e dovevo nasconderli per evitare che qualcuno me li portasse via. Non potrei immaginare un lavoro migliore al mondo che scrivere storie d'amore e condividerle con i miei affezionati lettori.

Se ti è piaciuta questa storia, per favore considera di lasciare una recensione.

ALTRI TITOLI DELLA STESSA AUTRICE

La rapina dell`Alfa

Il Colpo

Nella rete della ladra

Nel letto dell'Alfa